Original en couleur

NF Z 43-120-8

PIROUETTE

LE LIVRE

DES

CONVALESCENTS

Dessins de Henri PILLE

PARIS

TRESSE, Éditeur

8, 9, 10 ET 11, GALERIE DU THÉATRE-FRANÇAIS

PALAIS-ROYAL

MDCCCLXXX

LE LIVRE

DES

CONVALESCENTS

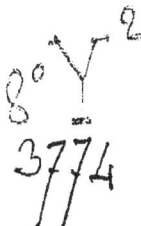

LE LIVRE

DES

CONVALESCENTS

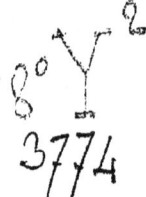

PIROUETTE

LE LIVRE

DES

CONVALESCENTS

Dessins de Henri PILLE

PARIS

TRESSE, ÉDITEUR

8, 9, 10 ET 11, GALERIE DU THÉATRE-FRANÇAIS

PALAIS-ROYAL

MDCCCLXXX

A mon ami le docteur A. Beni-Barde

Je dédie le LIVRE DES CONVALESCENTS

Pirouette.

PRÉFACE

Foirards très illustres, et vous, constipés très précieux (car à vous non à aultres, sont dédiés ces escrits... .)

C'est ainsi — non aultrement — *qu'il convient, je crois, de présenter au public ce livre destiné à remettre dans leur état normal les tripes et boyaux de nos contemporains.*

Pirouette peut d'autant mieux emprunter cette formule à l'auteur de Pantagruel, *que cela ne sortira pour ainsi dire pas de la famille, car il a évidemment dans les veines quelques gouttes du sang de Rabelais, notre maître à tous.*

Il est vrai qu'étant né à Boulogne-sur-Mer, c'est-à-dire presque aussi près de l'Angleterre que de Chinon, Pirouette a tenu — par reconnaissance sans doute — à être un tantinet aussi le petit neveu de Swift.

Qu'il n'en rougisse pas, le croisement a été bon, puisqu'il lui doit — reliées par une verve toute parisienne (troisième cadeau de sa patrie d'adoption) — cette gaieté robuste et grasse qui est bien gauloise, et cette fantaisie baroque et froide qui est bien anglaise.

Je n'ai pas à redire ce que je pense de ces histoires que les gens bégueules trouveront peut-être quelquefois un peu salées, puisqu'elles ont presque toutes subi la censure du Tintamarre, qui passe pour être assez bonne fille.

C'est-là un genre de... naturalisme dont je raffole, on le sait ; car j'ai toujours pensé qu'il fallait cent fois plus d'esprit pour péter à propos, que pour parler sans raison, et qu'un pet bien plein valait mieux qu'une phrase creuse.

Janvier 1880

TOUCHATOUT.

Souvenirs de l'Exposition

« Cette eau japonaise, elle a tout de même un drôle de goût ! »

SOUVENIRS DE L'EXPOSITION

(1878)

MON ASCENSION

A Henri Pille.

Je vais monter dans le ballon Giffard. Je suis
blême, parce que j'ignore ce qui va se passer.
Je monte, ô délice!..... Je suis dégagé de toute en-
trave ; rien ne me retient plus à cette terre, où
les créanciers, les belles-mères, les architectes,
les pianistes navrent les populations ! Je monte !
je monte ! Que c'est beau ! Quel superbe plan
en relief que Paris ! Tout ce monde, que je
salue avec déférence généralement, me semble
une quantité de puces sans valeur, d'insectes
qui rampent méprisablement dans les rues...
Ô ivresse du voyage aérien, je ne saluerai plus
personne !
Voici la colonne Vendôme ; je crois voir un
mirliton — moins grand que ceux de la foire
aux pains d'épices. Et l'Opéra : une niche à
chien. Oh ! il en sort un petit bouledogue,
c'est M. Halanzier ; il est plus petit que
jamais ! J'aperçois le Théâtre-Français. Quelle

1.

mince boîte ! Je comprends maintenant la *grosse* situation qu'y occupe Sarah Bernhardt.

Ce ruban, plein de taches noires et jaunes, c'est la Seine, couverte de *mouches* et de chapeaux de paille de pêcheurs. Bon, il pousse des champignons — non, il pleut ; — ce sont les parapluies qui s'ouvrent. Que la place du Théâtre-Italien est provinciale et petite ; il n'y a pas plus de monde que dans le théâtre, le soir ! Et la barrière de l'Étoile, là-bas, dans le couchant, c'est bien le chenet sur l'âtre - horizon dont parle Vacquerie.

Savez-vous à quoi ressemblent les collines de Paris vues de la nacelle du ballon ? A des poitrines de maîtresses de piano qui ont *évu* des malheurs. Tiens ! un casque doré pour enfant ! Ce sont les Invalides. Qu'est-ce que c'est que cette ouate dans la verdure ? C'est la fumée du chemin de fer de l'Ouest : le train a l'air de sortir de chez Giroux.

Nous sommes à trois cents mètres ; quelques hirondelles s'enfuient ventre à *l'air*..... Horreur ! je vois une chose monstrueuse qui se promène dans Asnières. C'est le nez d'Hyacinthe ! Seule, Notre-Dame de Paris conserve sa beauté souveraine au milieu de l'île Saint-Louis, qui ressemble à un vaisseau à l'ancre. Montmartre est plat comme la galette de son moulin. Sous nos pieds l'arc de triomphe de la place du Carrousel : on dirait un petit banc d'ouvreuse ; et l'Institut : jamais l'idéal des académiciens n'ira aussi haut que moi !...

Nous montons toujours. La pluie tombe un peu ; l'eau est plus fraîche là-haut, elle est plus neuve. Le Mont-Valérien ressemble au dos de

G. Chaillier. Quant à la colonne de Juillet, c'est une petite badine en ébène surmontée d'une pomme en métal doré. Oh ! que l'Exposition est petite ; elle est universelle pourtant, on ne le dirait pas ; le palais du Trocadéro rappelle vaguement une marmite entre deux chandeliers.

Cinq cents mètres !... Eh ! Paris, Pirouette est à cinq cents mètres !!! L'air est exquis, pas du tout empoisonné par l'haleine cléricaillière des rédacteurs de *la Défense*, de *l'Union* et du *Français*. J'éprouve un sentiment de béatitude, de liberté, d'infini... Je suis transporté comme par l'éloquence de Gambetta !

On monte encore, on croit que ça ne finira pas et qu'on va aller se chauffer les pieds au soleil !

Nous redescendons, l'immense ballon revient sur terre. On sent la chaleur, les courants impurs. Les préoccupations, les soucis vont nous ressaisir ; il va falloir retravailler, revoir les parents de province qui viennent à l'Exposition.

Touchatout, je te suis rendu, me voilà, tu me reverras ! Tu me consoleras de toutes les platitudes retrouvées et de toutes les altitudes perdues ! Je retouche le plancher des vaches. J'ai fait mon oiseau, je suis content, j'ai été me baigner dans l'éther, je suis purifié, fortifié. Maintenant, j'ai le courage de regarder Veuillot !

—o-o—

La rue Giffard

Pour garder la mémoire du ballon captif des Tuileries, on va donner à tout l'espace en l'air que parcourait l'immense aérostat, le nom de *rue Giffard*. Ce sera une rue en hauteur dans laquelle il n'y aura jamais d'encombrement.

—○—○—

A l'Exposition on voit le Japonais si célèbre appelé le *Sapeur Li-Po-Pelle !*

—○—○—

On appellera désormais les hannetons des *giffards*. Ne sont-ils pas rendus captifs par ce mince câble appelé un bout de fil ?

—○—○—

Une de s besognes les plus longues à faire le matin à l'Exposition, c'est de balayer tout le crottin des conducteurs de fauteuils roulants.

Dans l'Exposition il y a le *Trocadéro* ; dans l'*Ami Fritz* il y a le *Coquelin qu'a des rots*.

On ne croirait jamais en voyant l'immense aérostat de Giffard que c'est Mlle Beaugrand de l'Opéra qui a le plus de *ballon* de Paris.

—◇—◇—

Hyacinthe a fait une ascension en ballon libre ; il y avait longtemps qu'on ne voyait plus le ballon, que le nez d'Hyacinthe se dessinait toujours sur le ciel ; c'était magnifique.

—◇—◇—

Le soir de la fête nationale du 30 juin, le shah de Perse était sur la barrière de l'Etoile.

Il lui eût été difficile de trouver une gouttière plus convenable.

DOS-GLACES

Paris ne recule devant rien pour que les étrangers soient non-seulement enchantés des splen-

deurs de l'Exposition, mais encore ravis des soins que prend la capitale pour leur plaire.

Sous quelques jours le dos des gardiens de la paix, qui est complètement inutile tel qu'il est, va être recouvert d'une glace.

Cette glace, encadrée luxueusement et surmontée des armes de la ville de Paris, servira aux étrangères qui auront besoin de se regarder et de faire bouffer leurs toilettes, et aux hommes qui désireront changer de linge dans les rues.

Elle servira aussi aux tailleurs qui n'ont pas de glace chez eux et qui pourront faire essayer les effets de leurs clients en se promenant sur les boulevards, et aux petites dames qui ont des signes à faire à leur clientèle.

— ⚬-⚬ —

VOITURES-CLOSETS

On s'est aperçu (avec raison) du manque presque absolu de water-closets à l'Exposition. Il va y avoir des *voitures-closets*. Des hommes spéciaux les traîneront partout dans le palais du Champ de Mars. On montera en *voitures-closets*, et, sans perdre de temps, on se soulagera en admirant les merveilles de l'art et de l'industrie. Cela coûtera 0,10 c. pour une *course*, papier non compris.

— ⚬-⚬ —

TIRE-BOUCHON NATIONAL

Nous apprenons avec joie que le vieux Havrais qui a obtenu à l'Exposition toutes les grandes médailles, pour son admirable collection de tire-bouchons, afin de prouver sa reconnaissance aux Parisiens, termine en ce moment un immense tire-bouchon national, qui servira à *tirer* les trop grosses personnes qui iront visiter les colonnes Vendôme et Juillet.

—o-o—

M. Prudhomme et son fils regardent un étalage de pâtisserie, près du Champ de Mars :

— Mon fils, dit Joseph avec éloquence, admirez la bombe au chocolat, c'est la mitraille de la paix.

—o-o—

Naïveté

Une demoiselle du village de Longpré, qui est venue voir l'Exposition, raconte à ses parents ses impressions parisiennes, et dit : « Sont-ils bêtes, ces Parisiens! Ils ont dans leurs cabinets d'aisances des petits balais en chiendent; c'est très gentil, mais ça fait mal ! »

JOYEUSETÉS

FANTASQUES

JOYEUSETÉS FANTASQUES

LA VIE ÉLÉGANTE

COMMENT ON AIME A PARIS

A Eugène Chavette.

Un jeune homme, très distingué et ancien polytechnicien, voulait épouser la demoiselle de
comptoir d'un établissement humanitaire et ino-
dore à 0 15 c. La directrice, mère de la jeune
fille, ne voulait pas dire oui.

C'était une grande maison, comme qui dirait
la *Belle Jardinière* de cette industrie; — elle avait
pour enseigne : *A la libération !* On y faisait
d'immenses affaires, les ventres s'en donnaient
à cœur-joie là-dedans; les clients se succé-
daient en abondance : le tout-Paris des premières s'y donnait rendez-vous. — L'ex-polytech-
nicien, pour voir son adorée, venait tous les
jours, et simulait une envie qu'il ne réalisait
pas; il grimpait sur le trône, imitait les bruits
ridicules avec une petite trompette, pour donner
le change à la mère qui prêtait une oreille at-

tentive ; — mais il ne laissait rien — *rien !* —
(pas même une carte de visite), à cause de la
fille. — Un an se passa de cette manière, sans
action, — dans le rêve ! Tant de constance, de
passion et de constipation ne touchaient pas la
mère. Influence des milieux ! Le jeune homme
devenait blanc comme un clair de *lune !* Soudain
l'héroïne fut guérie de son amour. — Un jour,
un gommeux s'amouracha d'elle, apprit la passion des deux tourtereaux, en devint jaloux ; et,
pour perdre le polytechnicien dans le cœur de
sa nymphe des cabinets, il se glissa, un beau
soir d'été, un camélia blanc à la boutonnière,
dans la cellule que venait de quitter le bien-
aimé, déposa rapidement sur la planche luisante
un souvenir immense (exécrable économie de
trois jours !) et s'enfuit sans être vu, comme un
malfaiteur, empoisonnant pour toujours le cœur
de la délicieuse enfant ! Elle, comme d'habitude,
vint pour déblayer le soi-disant résultat ; à la
vue de cette épouvantable faute de goût elle
crut à la guérison de son ami ; sans explication,
renonça à son amour et se retira dans un cou-
vent. Le gommeux s'est suicidé ; le polytechnicien inguérissable a épousé la mère et tient aujourd'hui l'établissement.

—◦-◦—

Oh ! cette Compagnie des Omnibus !

Cette Compagnie des omnibus sacrifie tout au
luxe ! Le troisième cheval, qui a été ajouté aux
attelages des omnibus, va servir aux ama-

zones qui commencent et qui ont peur. Ce sera
très joli à voir ! Et comme le cheval sera loué à
l'amazone, la Compagnie retrouvera son dé-
boursé.

—o–o—

MYSTICISME

En province, une
personne dévote et
asthmatique vivait
confite dans sa dévo-
tion, comme dans un
pieux bocal ; vierge
à l'excès elle ne vou-
lait accepter les hom-
mages terrestres, à
cause du ciel et de
son gros rhume ;
mais un jour, à force
de religieuses amabi-
lités et de jujube, le
cousin d'un bedeau,
fort joli garçon, très
distingué, le *fut* par
la béate beauté.

La personne dévote
et asthmatique oublia l'*Univers* et Veuillot (cir-
constance atténuante), tomba dans les bras du
cousin du porte-verge en négligeant son asthme,
et en gémissant, comme une colombe exténuée,
ce vers de romance célèbre :

Mon *asthme* à Dieu ! mon *corps* à toi !

PLUS DE GUILLOTINE !

Plus de guillotine ! Elle donne au cou du condamné une impression de fraicheur qui est un
des graves inconvénients de cet ustensile. Les
guillotinés se sont plaints de rhumes de cerveau
qui les faisaient éternuer dans l'autre monde!
Je viens de découvrir une recette excellente qui
supprime guillotine et rhume de cerveau.

Un jeune médecin, *ad hoc* et français, sera
chargé de s'emparer d'une quantité suffisante
d'anévrismes ; — en province, à l'étranger, en
Italie, à Brest, au théâtre de la Porte-Saint-
Martin. — Il casera tous les anévrismes, éti-
quetés, dans une grande armoire. — Toutes les
fois qu'un assassin, ou un innocent, suivant que
la justice aura eu la main heureuse, sera condamné à être diminué, le médecin *ad hoc* arri-
vera avec un anévrisme, tout frais, dans une
grande seringue, contrôlée par l'État, et l'intro-
duira dans le misérable. On mettra ensuite le
condamné dans une prison très cellulaire, et
quelques jours après, un juge entrera soudain
dans la cellule, et annoncera au cher anévriste
que la justice, touchée de son repentir, lui fait
grâce, et que la liberté lui est rendue accompa-
gnée d'une croix d'honneur, pour le récom-
penser de ses remords..... Ici, (saluez tous !)
l'immense sensation de joie tirera la ficelle de
l'anévrisme, et foudroiera net l'heureux gail-
lard! De cette façon, il mourra en bénissant la
société, au lieu de la maudire, et il ne souffrira
pas!!! j'en réponds! — Je peux dire que la

providence m'a touché au front et que voilà une rude inspiration! Maintenant, j'attends la visite du Sénat.

VIVIER

Vivier est dans un omnibus ; il a l'air navré et pâlit à vue d'œil, au milieu d'un tas de grosses femmes qui ont des paniers à la main. Vivier pousse un énorme soupir ; on regarde le corniste. Il pousse un second énorme soupir ; les conversations s'arrêtent ; tous les yeux sont fixés sur Vivier. Alors il murmure : « Oh ! que j'en ai assez de la vie ! Que je souffre, oh ! que je souffre ! » Les voyageurs l'écoutent avec intérêt. Au bout d'une minute, Vivier murmure : « C'est trop souffrir vraiment, c'est impossible, je ne

peux plus vivre comme ça ! » L'omnibus est attristé de voir un pareil malheureux. « Que la
société me pardonne, j'aime mieux mourir ! »
crie Vivier en proie à une exaltation horrible. Il
tire brusquement un pistolet de sa poche et l'arme. Les grosses femmes frémissent et lâchent
leurs paniers ; une sœur de charité, placée en
face du mystificateur, se précipite sur le pistolet, et dit à Vivier : « Mon frère, vous n'avez pas
le droit de vous ôter la vie, Dieu seul peut le
faire ! » Le corniste la regarde d'un air vague, et
a l'air de revenir à la réalité. Il met le pistolet
dans sa poche, et dit, en souriant tristement :
« Vous avez raison, ma sœur... et puis dans un
omnibus ce serait bête ! » Tout le monde est
soulagé. Cinq minutes se passent, Vivier pousse
un nouveau soupir, et paraît plus accablé que
jamais. « Est-ce qu'il va recommencer ? pensent
les voyageurs. » Vivier retire avec frénésie le
pistolet de sa poche, et crie, les yeux presque
hors de la tête : « Je ne peux plus ! Je ne peux
plus ! c'est impossible ! c'est trop souffrir ! Cette
fois-ci je meurs dans l'omnibus ; adieu, mes
amis ! » D'un geste tragique il pose le pistolet sur
son front et met le doigt sur la détente de l'arme
homicide... Un grand cri sort de toutes les poitrines, plusieurs grosses femmes s'évanouissent,
la sœur tombe à genoux; tout à coup Vivier s'arrête et regarde tout le monde d'un air excessivement étonné. Il montre son pistolet à ceux qui
l'entourent. C'est un pistolet en chocolat. Il le
casse en autant de morceaux qu'il y a de personnes, et en distribue les morceaux ; puis donne
l'adresse de l'armurier (Perron); et descend, après
avoir embrassé le conducteur, et lui avoir donné

le chien du pistolet, et après avoir laissé l'omnibus complètement ahuri.

—◦-◦—

A CEUX QUI VONT A ANE

Moi qui connais beaucoup d'ânes, je recom-
mande aux écuyers de ces animaux indolents et
récalcitrants de se mettre bien en garde contre
la malice de l'âne. Oh ! que c'est sournois! Dans
l'écurie, quand on sangle le coursier biblique, il
se gonfle outre mesure pour faire croire à un
embonpoint extraordinaire. Vous l'enfourchez,
vous partez et, au bout de cinq minutes, le bau-
det se dégonfle soudain, la selle tourne et vous
tombez le nez sur les cailloux.

Méfiez-vous toujours de la bedaine des ânes
dans l'écurie, elle est jouée.

—:-◦—

EN BRETAGNE

Un aveugle mange une soupe avec son fils.
Celui-ci sort sans bruit pour aller chercher du
cidre, le chien de l'aveugle profite de cette absence pour laper la soupe à la barbe de son maître. L'aveugle, qui entend un bruit de langue
inaccoutumé, allonge le bras pour savoir qui fait
ça, passe la main sur la tête du chien, et dit :
« Tiens, mon fieu a ôté son chapeau et il mange
sans cuiller ! »

NOUVEAU CLYSO

Il y a à Paris des maisons remplies de gens constipés. Ce ne sont pas les plus gaies, parce que tous les locataires sont toujours aux water-closets à essayer inutilement.

Pour remédier à ce déplorable état de choses, un grand mécanicien, le Giffard de cette partie-là, vient d'inventer un immense appareil à lavements qui sera placé chez le concierge de la maison des constipés ; des tuyaux correspondant à ce fameux clyso monteront comme le gaz à tous les étages. Ce seront d'énormes clystères que l'on prendra par ce moyen : on touchera le bouton d'une sonnette électrique quand on voudra se lavementer, et le concierge fera marcher l'appareil. Il y aura plusieurs tuyaux par appartement : au son, au ricin, à l'huile, au sel, à la guimauve (tout un clavier). Ce qu'il y a de beau, c'est que la maison entière pourra se faire délivrer d'un seul coup. C'est là une grande idée qui fera bénir de bien du monde le philanthrope qui l'a eue !

—◦◦—

AU VIOLON

Un ivrogne est conduit au poste :
— Qui êtes-vous ?
— J'sais pas.
— Qui êtes-vous ?
— Pas.

— Voulez-vous répondre ou on vous flanque à l'eau.

— « Eh ben, allez voir au coin de la rue des Martyrs si y a un marchand de marrons, si y en a un, je sais pus qui je suis. »

SOUS LE LIT

Un mari de Bordeaux, d'une jalousie ultra-othelloesque, se croit horriblement cornard et voit des amants partout. Il rentre, l'autre soir, chez lui, vole, avec un doute affreux dans l'âme, à la chambre de son épouse, il entre à pas de jaguar; sa moitié dort. Il la regarde sous le nez, la bougie dans une main, le pistolet dans l'autre; la femme ne bouge pas ! Il fouille dans les armoires et serre au collet plusieurs chemises accrochées, les prenant pour des amants en bannière, puis il monte sur une chaise et regarde au-dessus de l'armoire à glace;

2.

il furète dans la table de nuit (il est de petits amants !) il grimpe dans la cheminée, en descend noir, plus Othello que jamais !

Soudain, une inspiration infernale le fait chercher sous le lit. Malheur ! il y a quelqu'un ! Le jaloux tire sur l'amant ; la femme se réveille en sursaut « Qu'y a-t-il ?... »

— Amélie, vous me trompez, il y a un homme chez vous !

— Imbécile ! crie la femme, regarde.

L'Othello se met à plat ventre et voit une malle sous le lit. Il avait pris le dos de la malle pour la poitrine d'un amant velu !

—⊸∘⊸—

PLUS DE GUÉRITES

Il est sérieusement question au ministère de la guerre de remplacer la guérite par un vêtement en bois que porteront les soldats lorsqu'ils seront factionnaires.

Les guérites tiennent de la place dans les rues et empêchent le soldat de se promener de long en large quand il pleut.

A l'avenir une immense redingote, en bois peint en vert, recouvrira le factionnaire ; elle sera percée d'un trou à l'épaule pour laisser passer la baïonnette. Avec cette guérite portative, si des chiens viennent uriner sur la sentinelle, ce sera sans inconvénient ; et, dans les combats avec les malfaiteurs, si le brave soldat a le trac, il aura la consolation d'être cuirassé. Pour les factionnaires à cheval, on remplacera la redingote par un long mac-farlane en bois qui descendra jusqu'à terre, ce sera très commode.

LA VIE ÉLÉGANTE

A Saint-Germain.

Un monsieur et une dame sont seuls dans un compartiment de 1re classe; c'est le *rapide* de Marseille (P.-L.-M.). Il fait beau, la campagne est charmante, le monsieur a de l'esprit, la dame est enchantée de son compagnon. Soudain il pâlit, se mord les lèvres et donne les signes d'un besoin pressant : une tempête est dans son ventre! Il essaie de sourire, chante pour oublier ;

inutile, nature veut opérer. La dame est en-
nuyée; le monsieur se lève, s'assied, se relève,
se rassied, regarde par la portière si la station
prochaine est encore loin. Quelques bruits pré-
curseurs *percent* malgré lui; il sourit, la dame
est furieuse. Il danse : jamais il n'a fait un si
beau voyage, avec une personne aussi charmante! Une détonation a retenti. Pas moyen
d'être plus longtemps aimable; il faut se rendre
aux ordres de là-haut : c'est un affreux combat,
il est vaincu, il faut évacuer!

— Madame, je vous en prie, retournez-vous.

— Non, monsieur.

— Madame, si vous avez aimé votre mère,
c'est en son nom que je vous implore.

— Non, monsieur.

— Madame, retournez-vous, laissez-moi vivre, je meurs!

— Jamais!

— Madame, nous sommes sur la ligne de
P.-L.-M , ce qui signifie : « *Prêtez la main!* »

— Quelle horreur! Vous attendrez au moins
que nous nous arrêtions. En voilà, un mal
élevé!

— C'est impossible! Retournez-vous et cal-
feutrez-vous, l'heure a sonné!

Alors il se passa une chose horrible. Le monsieur s'accroupit rapidement — mais confia tout
à sa culotte. La dame poussa un cri affreux et
s'évanouit.

. . . .

A la première station, le voyageur, soulagé,
descendit avec un sac de voyage et se dirigea
vers les cabinets pour se changer. Se déshabiller
et essayer de cacher le vêtement avouant le

crime n'était pas commode. Les minutes étaient comptées; la culotte odoriférante et dénoncia-  trice avait disparu ; il ouvrit le sac de voyage pour en prendre une autre. Malheur! il ne trouva qu'un pantalon brodé de femme : c'était le sac de la dame qu'il avait pris ; le sien était resté dans le wagon! Ne pouvant sortir les jambes nues, à l'écossaise, il revint sur le quai avec un pantalon de dentelles pour voir partir le *rapide*, qu'il manqua.

Le monsieur a disparu; la dame en a eu la jaunisse, mais n'a jamais redemandé son sac.

—·—○—○—·—

NOUVELLE BRULANTE

Nos édiles éclairés viennent de décider une excellente chose; à cause du grand froid qu'il va faire à Paris cet hiver, l'ordre vient d'être donné aux marchands de marrons de faire beaucoup de feu dans leurs fourneaux pour réchauffer les rues.

—·—○—○—·—

BAL A LA MORGUE

L'hiver ramène les grandes réunions offi-

cielles, les petits raouts, et la danse joyeuse ;
on annonce un grand bal à la Morgue.

Les personnes qui auront des médailles de
sauvetage ne les porteront pas, pour ne pas faire
de peine aux noyés. Les meubles sortant des
dernières inondations et de chez les plus grands
tapissiers de Paris seront également en *noyer*.
Il y aura aux murs quelques jolis portraits de
machabées, peints par la jeune école impression-
niste. — Les Espagnols ne seront pas admis :
ils voudraient rivaliser de *morgue* avec celle des
amphitryons. Mais les citoyens qui se seront
fait naturaliser à Genève entreront de droit en
leur qualité de *suissidés*. Il n'y aura pas de glaces
au buffet, ni à la vanille, ni à la groseille : le
froid que jettera la fête suffira. On ne boira pas
d'eau, surtout de l'eau de *vie*. Les musiciens seront pris dans les orchestres des bals de ban-
lieue, où l'on voit des instrumentistes, blêmes
et faméliques, pauvres *submergés* de l'océan parisien ! Les danses seront composées sur les mo-
tifs les plus gais des chansons de canotiers :
Vers les rives de France ! le Vieux trois-mâts, etc.

Les invités arriveront par la rue Saint-Maur,
transportée en face la Morgue pour la circons-
tance. Les bonapartistes, bien au fond de l'eau
à l'heure qu'il est, seront repêchés (seulement
pour ce soir-là) ; ils tiendront le vestiaire et pas-
seront des *réchauffissements*. On dansera toute
la nuit. A 6 heures du matin, clôture de la fête,
pour que les *dalleux* soient re-exposés sous
leurs robinets respectifs, et que le bon public
puisse les revoir, allongés, et les reconnaître, si
ça lui fait plaisir.

—o-o—

Oh ! les Pianistes !

L'autre soir, dans le salon de Léon Bienvenu, un pianiste myope est resté au piano de 10 heures du soir à 4 heures du matin. C'est effrayant ce qu'il a joué ! A minuit, tout le monde s'est retiré, consterné, sans avoir le courage de déranger le pianiste myope, qui est resté tout seul. A 4 heures du matin, le pianiste myope s'est levé du piano, s'est essuyé, a salué profondément le public, qu'il a trouvé froid, et est allé se coucher.

———o–o——

PLUS D'ENNUI EN WAGON

Quand vous vous ennuyez en wagon avec des dames, un moyen excellent de vous divertir : vous roulez des yeux terribles, après quoi vous tirez un grand couteau de boucher de votre poche ; vous regardez les dames d'un air féroce, et sans dire un seul mot, vous vous mettez à repasser froidement le couteau sur la courroie qui sert à lever le carreau de la portière : toutes les dames frémissent ; vous repassez le couteau pendant cinq minutes, au moins, en savourant le froid dans le dos des dames ; après quoi vous vous assurez lentement, mais d'un air épouvantable, que le couteau est bien affilé, vous dégustez la pâleur des voyageuses, et vous coupez tranquillement la courroie dont vous vous faites une jolie paire de bretelles.

———o–o——

LA VIE ÉLÉGANTE

A Charles Cros.

C'est dans un château magnifique où l'hospitalité se donne et ne se vend jamais. Le jeune et séduisant financier Vasa (un élégant s'il en fut), est invité et doit y passer la nuit. Il se couche, a de la peine à s'endormir : un bon dîner, le nouveau lit, l'air plein d'effluves affriolants ; enfin, il s'endort et rêve (le misérable), de la maîtresse de la maison, femme d'une étrange et plantureuse beauté ! Morphée lui est propice, il la voit exquise, divine, en robe de bal, et désirant se faire aimer de lui.

Notre Vasa est aux anges ! Mais le réveil vient mettre un terme aux féeries de son cerveau et de sa colonne vertébrale ; à peine a-t-il ouvert les yeux qu'il se sent pris d'une envie immense d'aller sacrifier à Lesage. Il se lève, maugréant contre les réalités de la vie, qui, au sortir d'un songe si délicieux, vous envoient sur les pontons des water-closets !

Il passe sa culotte et s'engouffre comme une tempête dans un des corridors du château. Il est sept heures du matin, silence partout. Quel bonheur ! on ne le verra pas aller là ! Il cherche : une odeur semi-distinguée, semi-significative, l'avertit qu'il est arrivé. Il essaie d'ouvrir la porte du n° 100 béni, elle résiste ; il tire, il y a du monde ; personne ne répond. Vasa se replie en désordre. Cinq minutes après, l'enfer dans les entrailles, il se rejette sur la porte et l'ouvre. Malheur ! trois fois malheur ! la châtelaine est assise, en costume de nuit, sur le trône, et ne paraît pas vouloir offrir sa couronne à Vasa. Tête de Vasa. Cri affreux de la dame. Notre élégant se re-retire rapidement avec un simoun dans les intestins, mais pas assez vite pour que le corridor ne répercute quelques fortes sonorités ventrales, qui se font jour malgré lui. La dame entend tout. Quel supplice ! Cinq nouvelles minutes d'angoisses s'écoulent. Vasa revient. Il entre : plus personne ; lève le couvercle (un couvercle très beau). Que voit-il ?? Ce n'est pas

3

possible ! Il est halluciné ! Qu'a-t-elle donc dans le ventre, cette femme ? Vasa voit une rose d'une fraicheur adorable.... et murmure, tout pâle : « Voilà donc ce qu'elles font, ces femmes du monde ! »

La dame avait eu une inspiration céleste : se voyant surprise et perdue à jamais dans l'esprit du jeune élégant (elle est maniérée !) elle avait couru dans son salon chercher la reine des fleurs et l'avait jetée sur l'eau de l'entonnoir des cabinets. L'honneur de ses entrailles seigneuriales était sauf !

Vasa, trop disposé à l'aimer, croyant qu'elle faisait des fleurs, est devenu éperdûment amoureux de celle qu'il appelle aujourd'hui la *Fée aux roses*.

—o-o—

NOUVEAUX OMBRAGES

Nos édiles vont envoyer Hyacinthe dans une ville de province.

Il paraît qu'il y a, dans le légendaire nez du comique, une énorme végétation d'une fraîcheur délicieuse l'été. On mettra les bancs dans ce grand nez, et, le soir, après leur travail, les habitants de la ville viendront s'asseoir là, et respirer la fraîcheur sous les ombrages des poils du nez d'Hyacinthe. Ça remplacera un square.

—o-o—

VIVIER

Vivier est invité à dîner dans une maison bourgeoise.

On suppose que le célèbre corniste va être étincelant d'esprit : il est *terne* comme l'omnibus des IDEM.

Le maître de la maison n'est pas content. Les invités écarquillent les yeux chaque fois que Vivier ouvre la bouche ; mais ce n'est que pour manger, et il ouvre souvent la bouche.

Le dessert arrive; Vivier, qui voit dans quel guêpier il est tombé, continue de ne rien dire ; il mange tout le camembert et attaque les poires avec violence, des poires très chères.

Nez de la maîtresse de la maison.

On passe au salon après avoir pris café, rincettes sur rincettes, et fumé de gros cigares que Vivier fait durer une éternité.

L'amphitryon lui dit :

— Eh bien! cher maître, vous allez nous jouer un peu du cor, maintenant; vous n'étiez pas en train à table, nous allons vous applaudir comme corniste, ce sera une compensation.

— C'est que je n'ai pas mon cor, et je ne peux pas jouer sans, dit Vivier.

— On va l'aller chercher chez vous.

— Non, répond le corniste, si vous voulez, j'irai moi-même, car il est dans une armoire connue de moi seul dans mon grenier.

On laisse partir Vivier, qui promet de n'être pas longtemps.

Une heure se passe, deux heures, trois heures, pas de Vivier.

On entend un son de cor dans la rue, c'est lui ! Non, c'est le dernier tramway qui part. C'est impossible, il est arrivé un accident à Vivier ! Toute la société fait la mine et s'en va énervée, furieuse

d'avoir attendu jusqu'à minuit et demi inutilement.

A deux heures du matin, Vivier arrive avec
son cor. Le concierge ne le laisse pas monter,
tout le monde est couché. Alors, pour prouver
sa bonne volonté, Vivier s'installe dans la rue,
devant les fenêtres de ses amphitryons, joue du
cor une grande partie de la nuit, et s'en va après
avoir empêché de dormir les aimables personnes
qui l'ont invité.

Charcuterie terrible

On demande à acheter, tout de suite, un stock
de vieux lions de ménageries pour faire des
saucissons de lion.

ÉDILITÉ

A l'exemple des fiacres sur lesquels on lit le
mot *loué*, maintenant, on vient de décider qu'on
mettrait, le soir, la même pancarte sur les petites
dames des boulevards, pour qu'on sache à quoi
s'en tenir.

TUÉE PAR SON ÉVENTAIL

Une dame de Saint-Quentin vient d'être tuée
par son éventail. Elle avait un très lourd éventail
immense, à la mode ; elle s'est donné tant de
peine pour s'éventer avec, qu'elle a sué, sué, sué
tout le temps ; plus elle s'éventait, plus elle
suait; elle est sortie de la soirée, suant, a pris
un froid et a succombé.

BRAVO, COMPAGNIE DES OMNIBUS

La Compagnie des Omnibus est décidée à faire une chose énorme pour se rendre encore plus populaire.

On sait que les places d'intérieur coûtent six sous, et celles d'impériales trois sous. La Compagnie a pensé qu'on pouvait diminuer ces prix-là; c'est entendu, ils seront réduits; seulement voici comment :

Les personnes qui désirent monter sur l'impériale quand c'est complet, courront après l'omnibus, le conducteur aura sa montre à la main,

et après trois minutes de course à pied du voyageur, ce dernier pourra monter sur l'impériale,
si quelqu'un descend, pour deux sous.

Pour les voyageurs d'intérieur, deux minutes
de course à pied leur donneront droit à une
place d'intérieur pour cinq sous.

C'est une grande économie pour les gens qui
ont de bonnes jambes.

Si personne ne descend pendant un parcours
(ce qui est peu probable), on donnera au monsieur ou à la dame qui aura couru comme un
chien, depuis le départ jusqu'à l'arrivée de l'omnibus, le prix de la place entière, cinq sous ou
deux sous, plus une photographie du conducteur.

De cette façon, les omnibus auront trois caté-
gories de places : l'intérieur, l'impériale et l'à
pied.

C'est excellent, populaire et hygiénique.

Bravo, Compagnie des Omnibus !

—o-o—

LA VIE ÉLÉGANTE

C'est après un grand dîner, dans un riche château.

M. de Sécot, un jeune royaliste, va digérer
dans le parc avec toute la société ; il est étour-
dissant d'esprit, on lui fait un succès énorme.
Soudain, une grosse envie de flétrir l'herbe s'em-
pare de l'élégant ; il s'arrête, sa verve est morte,
son ventre est roi ! De Sécot s'éloigne habile-

ment du monde, cherche un endroit où de se
soulager à l'aise on ait la *liberté ;* il a l'*Union*
dans sa poche (l'*Union* fait la force). Il avise un
jeune arbre au bord d'une allée sablée où il sera
loin de toute surprise. M. de Sécot prend la pose
légendaire et reste très distingué néanmoins (il
est vraiment élégant) ; il a de la peine : la poésie
du soir, la lune, les parfums aromatiques... tout
cela ne l'inspire pas, il est élégiaque ! Il fait plusieurs tentatives sonores et réussit à moitié,
quand des voix se font entendre : toute la société
est devant lui !! — Par où est-elle venue ? Mystère. Elle est là et le dévisage comme s'il était
au piano. Impossible de fuir, de Sécot est perdu ;
il le sent. Mais il est grand seigneur jusqu'au
bout des ongles, et, pour mourir dans l'estime
des châtelains, en gentilhomme, il ôte son chapeau, salue la société avec une distinction su-
prême et continue !

—o–o—

Elles ont mal à la gorge !

Il y a en ce moment dans une
pharmacie de la Porte Maillot
des flacons d'une hauteur fabu-
leuse ; allez voir ça.

Vous vous approcherez un peu
effrayé du vitrage, et vous lirez
sur ces hauts flacons :

Gargarismes pour Girafes !

—o–o—

PUNAISE-FANTOME

C. de Sivry est un humanitaire qui s'occupe du bien-être des pauvres, il vient de découvrir un moyen ingénieux pour détruire les punaises.

On prend une punaise, on la roule dans de la farine comme un petit merlan, on la dépose ensuite tranquillement au milieu de ses blondes compagnes ; les punaises, en l'apercevant, croient voir un fantôme, et elles meurent toutes de peur.

—o–o—

LA-BAS

Dans la libre Amérique, un navire file sur la mer. Un passager se jette à l'eau, histoire de se débarrasser de la vie ; le capitaine s'en aperçoit, il fait plonger un matelot pour savoir si le passager a payé son voyage. Au bout d'une seconde le matelot remonte en disant oui ; le navire refile sur la mer !

—o–o—

JARRETIÈRES-ANNONCES

Les dames vont rendre au commerce un fameux service, cet hiver : elles porteront toutes des jarretières-annonces. Quelle réclame! Les jours de coups de vent, on lira : *A vendre.— Chocolat Perron. — Chien nageur. — Queues de billard*, etc. Les dames deviendront fort intéressantes à suivre dans les rues.

—o–o—

LA VIEILLE DAME ET LA LEVRETTE

DRAME PARISIEN

A Paul Materne.

ne vieille da-me de Neufchâtel (Suisse), autrefois millionnaire et ex-femme légitime de trois dragons, vient de mourir de cha-grin dans le Marais. Cette vieille dame possédait une gran-de levrette grise qu'elle adorait, car elle était d'une im-mense intelligence (la levrette) et elle répondait (excepté au concierge, dont le fils était poète) au nom d'Azucéna. Au commencement de l'hiver, la vieille dame fit faire un paletot fourré à Azucéna.

Il fut commandé chez le meilleur tailleur pour levrettes de Paris, chez le Dusautoy des chiens. Par hasard, le paletot fut coupé comme par la maison A. Godchau et laissa aux vents quelques poils de la suave Azucéna. La levrette prit un gros rhume, c'est trop gros pour une levrette ; c'est un peu comme Sarah Bernhardt, c'est mince, il n'y a pas de place... Bref, elle claqua.

3.

Ce décès fut une trop grande douleur pour la dame, qui claqua aussi ; elle suivit sa levrette, après avoir été suivie toute sa vie par elle, tuée par le tailleur (la vieille dame), la levrette aussi. Double assassinat. Ils vont bien, les tailleurs pour chiens !

La vieille dame fit du fils du concierge, du poète (un chevelu) son légataire universel ; elle lui laissa toute sa fortune, qui s'élevait à la somme de rien du tout, puisqu'elle avait été mangée par les dragons, la levrette et la vieille dame ; mais le poète (le chevelu) se consola en écrivant sur la tombe de la dame, qui demanda

à être enterrée près de sa levrette, ces mots,
qui seront l'éternel remords du tailleur pour
chiens :

« Entre la *coupe* et les *levrettes*, il y a de la place pour un malheur! »

—o-o—

FAUX RATS

Nous ne saurions trop recommander aux personnes qui ont des chiens à rats dans des appartements sans rats, d'éviter le massacre des bâtons de chaises, pieds de tables et bas de buffets (car les chiens à rats sans ouvrage rongent douloureusement les mobiliers où ça manque de rats, en faisant fabriquer de forts rats en bois, couleur de rats, et en les éparpillant dans l'appartement; ces faux rats font peur aux amis qui viennent vous voir, mais occupent les chiens à rats et ça protège les meubles.

—o-o—

SOLEIL-CONSERVES

Un vieux docteur mexicain vient, à l'aide d'un nouveau système, de s'emparer d'une quantité innombrable de rayons de soleil ; il les a enfermés dans des boîtes en fer-blanc admirablement calfeutrées, sur lesquelles il y a écrit : *Soleil-conserves*. L'hiver, il va avec ces boîtes faire de la chaleur dans les chambres de malades. Une séance coûte très cher : songez, Alger chez soi ! Les malades se trouvent fort bien de ces conserves de soleil ; la projection et la chaleur de cet astre en boîte sont si intenses, que non-seulement ça guérit les malades, mais ça fait pousser les fleurs sur les rebords des croisées et revenir les hirondelles d'Orient !

— o·o —

CEINTURE D'ARRÊT

Il y a des gens qui avalent un bon dîner et qui le digèrent à l'instant ; cinq minutes après, hop ! plus rien ! Un inventeur vient de trouver une ceinture d'arrêt, couleur de chair, que l'on s'applique sur l'estomac après avoir mangé et qu'on serre violemment. Cette ceinture arrête les aliments dans le corps, et vous en laisse profiter le temps que l'on veut ; lorsqu'on a assez joui du dîner, on ôte la ceinture et tout s'en va. C'est très agréable et ça vous fait une taille de guêpe.

— ɔ·ɔ —

MŒURS PARISIENNES

J'entre dans un café du boulevard, l'autre jour, et je demande une chartreuse.

Le garçon (un frisé) arrive rapidement, le

visage éclatant de joie, et me sert ma chartreuse.

Je me dis en moi-même : « Ce café fait peu
d'affaires, le garçon est content de voir un
client. »

Je bois ma chartreuse. Le garçon m'en verse
une seconde.

— « Mais non, je n'en veux qu'une. »

— « Buvez, » me dit-il en souriant.

Je bois. Il m'en verse une troisième.

— « Mais non, je n'en veux qu'une ! »

— « Buvez, » réplique-t-il en riant.

Je bois. Il m'en verse une quatrième.

— « Je n'en veux... »

— « Buvez. » s'écrie-t-il avec enthousiasme.

Je bois. Il va pour reverser. Je mets le verre derrière mon dos, refusant cette fois.

— « M'expliquerez-vous, garçon, cette abondance de chartreuse ? »

— « Monsieur, me répond le frisé, avec un accent indicible, c'est ma fête !!! »

—·○·○·—

AUX JEUNES HOMMES PAUVRES

A Jean Richepin.

Nous ne saurions trop recommander aux jeunes hommes pauvres, fatigués des crèmeries et des restaurants plus humbles, de se faire faire une toilette de soirée ; de monter, le soir, dans les maisons où ils voient des voitures de maîtres à la porte, — de saluer froidement en entrant les gens qui reçoivent ; de ne rien dire à personne ; de sourire d'une façon glaciale aux ambassadeurs qui ont des plaques (ce qui est fort distingué) — et, après quelques instants de froideur, aller franchement au buffet et s'y nourrir, comme il faut, de sandwichs, de verres de bordeaux, petits fours, brioches, fruits très chers, champagne frappé, café glacé, babas, sirops variés, langues de chat, galantine, thé, chocolat, cerises glacées, oranges déguisées, etc., etc., etc., malgré les yeux en boule de loto des domestiques.

Il faut faire disparaître ces bonnes choses substantielles manifestement, sous peine d'être remarqué, et finir par un bon verre de punch

bien chaud, pour ne pas avoir froid dans la rue.
S'en aller à l'anglaise ensuite, sans saluer les
gens qui ne vous ont pas invité, et rentrer
chez soi, ou aller dans d'autres soirées, si l'on a
encore faim. En faisant plusieurs maisons, on
peut ne faire qu'un repas par jour : celui du soir,
chez les étrangers.

De cette façon, on se nourrit bien mieux que
dans les crèmeries et dans les restaurants plus
humbles ; ça ne coûte pas un sou et, comme on
ne dit rien nulle part, on acquiert une grande
réputation d'homme d'esprit, par-dessus le marché.

PLUS DE NÈGRES

Un monsieur d'Asnières vient d'inventer une
machine à *dénégrer* les nègres, un merveilleux
appareil qui les frotte si profondément partout,
qu'au bout de quelques heures, vous avez un
nègre qui ne l'est plus, qui est complètement
blanc ! Le noir qu'on enlève aux nègres, avec
cette machine, est excellent pour faire du cirage ;
il n'a qu'un inconvénient, si l'on s'en sert : c'est
de faire pousser des cheveux, de la barbe et des
dessus de malles sur les souliers et sur les bottes.

Impression de voyage

En chemin de fer, voyant la pleine lune à travers les fils télégraphiques, on croit voir une ronde sur une portée de musique.

FAUX VOYAGEURS

Les Compagnies de chemins de fer songent à se servir de mannequins à paroles, représentant de faux voyageurs. Dans chaque mannequin on mettra un phonographe qu'on remontera avant le départ des trains, et dans les compartiments où il n'y aura qu'un seul vrai voyageur, on mettra un mannequin à paroles. Le vrai voyageur pourra causer avec le faux voyageur, qui saura toutes les nouvelles, aura beaucoup d'esprit et pas d'opinion politique ! Ce sera charmant de voyager avec un mannequin à paroles. Il y aura des mannequins des deux sexes.

Avec ces faux voyageurs, on ne courra pas le risque, la nuit, d'entendre ronfler ou d'être assassiné. Les mannequins auront aussi l'avantage de ne pas manger de choses à l'ail ou des livarots odorants. Pendant la saison où les chemins de fer manquent de vrais voyageurs, on remplira les wagons de faux et les Compagnies auront l'air de faire beaucoup d'argent.

Plus de mal de mer

Quand vous faites une traversée, et que vous n'avez pas le pied marin, soûlez-vous avant de partir; comme le navire se balance, vous vous trouverez marcher droit en titubant, et vous ne serez pas malade.

—o-o—

ÉDILITÉ RECONNAISSANTE

Il est question, pour les personnes riches et bienfaisantes qui ont le *bras long* et dont la main traîne naturellement par terre, de faire poser sur les trottoirs des rails un peu moins larges que ceux pour les tramways, afin que ces personnes ne s'usent pas les doigts en les laissant danser sur le macadam.

—o-o—

J'ai trouvé ça tout seul

— Quelle différence y a-t-il entre un impie et le vent de la mer?

— C'est que l'impie rit de la chaire, et que le vent de la mer *ride* la peau.

—o-o—

MAINS-PIANISTES

Un riche Américain vient d'inventer des mains-pianistes; avec ces mains on n'a plus besoin d'ap-

prendre le piano et d'embêter les voisins en faisant des gammes. On place les mains-pianistes
sur le clavier, et immédiatement elles se mettent
à jouer. On se les adapte au bout des siennes
(en dissimulant les véritables) avant d'aller dans
le monde ; on se met au piano en prenant une
pose romantique ; les mains jouent et tout le
monde applaudit. On peut rester au clavecin une
heure d'horloge, car les mains sont montées pour
jouer une série d'airs d'opéras.

Il y a des mains-pianistes pour Wagnériens,
qui cassent les pianos, et qui donnent l'air
fort.

— ○ ○ —

HISTORIETTE

A A. Pottiez.

Un Tourangeau avait mis culotte bas au bas
du mur d'une église. Passe un ami de l'imprudent :

— Que fais-tu là ? crie l'ami ; arrête, tu vas te faire pincer, la police ne badine pas, le long du mur d'une église !

Le Tourangeau coupe court et se lève.

— Prends ça, dit l'ami, et va le jeter dans la rivière, tu n'as que le temps !

L'imprudent enveloppe son erreur (sa demi-erreur) dans un journal, la cache sous sa blouse et fuit avec son ami vers la rivière ; il ressemble au tableau de Prudhon qui est au Louvre : *Le crime poursuivi par la Justice!* Les deux bonshommes courent, courent, et passent devant la boutique d'un pâtissier : impossible de résister, ils s'arrêtent.

— Viens manger une tartelette, dit l'ami.

— Non, je ne puis, je suis chargé.

— Viens, tu dois avoir faim, maintenant.

— Non, je veux aller à la rivière.

— Entrons avant chez le pâtissier.

Ils entrent et mangent des tartelettes ; dans la boutique se répand une affreuse odeur qui fait faire une horrible grimace à la pâtissière, assise dans son comptoir. L'ami paie les tartelettes et dit au Tourangeau :

— Marche devant, je te suis.

Le Tourangeau file et une minute après il voit derrière lui l'ami, flanqué du pâtissier, qui crie en courant :

— Vous m'avez volé une galette, elle est sous votre blouse !

— Ce n'est pas vrai, dit en pâlissant le Tourangeau.

— Oui, elle y est, vous êtes un voleur, hurle le pâtissier. Rendez la galette !

Dispute, bataille. La lutte dure longtemps, le

Tourangeau défend vaillamment son bien ; mais la victoire reste au pâtissier qui met la main dans la.... galette, et s'aperçoit de la mystification, tandis que l'ami crève de rire derrière un arbre.

—·ᴐ·ᴐ·—

LE DRAGON BEAUDÉSI*RRR*

A André Monselet.

Esclave d'une ivresse délectab*rrr*e,
Sans cesse sac*rrr*ait le dragon Beaudési*rrr*,
S'embe*rrr*lificotant les jambes dans son sab*rrr*re.

MORALITÉ

Où il y a de la *gaine*, il n'y a pas de plaisi*rrr*.

Cet été, j'ai vu tellement transpirer un dragon, qu'il avait des gouttes de sueur au bout des crins de son casque.

~~~

Il parait que quand Veuillot a la tête brûlante, il fait cuire des marrons sur sa figure.

~~~

Les spleens des nègres sont très difficiles à guérir, parce que leurs idées noires sont plus noires que celles des autres.

~~~

A l'école des frères :
LE FRÈRE. — Qu'a découvert Linné?
L'ÉLÈVE. — Le dessin linnéaire.

~~~

Un riche avare des environs de Saint-Gandoufle, a une villa entourée de grilles; en haut de ces grilles, il y a des artichauts en fonte très-pointus pour empêcher les voleurs de passer. Le soir, l'avare dévisse les artichauts en fonte et les remplace par de véritables artichauts de jardin, pour ne pas user ceux en fonte.

Le matin, il fait le changement, et l'on ne s'aperçoit de rien.

~~~

— Je voudrais être grand, me disait un bébé.
— Pourquoi?
— Pour cracher de haut.

~~~

Haleine forte — mitrailleuse à mouches.

~~~

Lu sur l'album de Paul Ollendorff :
Les gens qui méritent d'arriver sont les pédicures-manicures, car ils font des pieds et des mains.

Oh! ce printemps! Chez Henri Pille, j'ai vu

dans un pot des brosses à peindre se couvrir de feuilles!

Un bossu est un homme qui a un *dos dièze.*

C'est effrayant! Chez les sauvages, il y a des descentes de lit en peaux de belles-mères!

<center>~~~</center>

Hier une cocotte, en criant à Jules Jouy que son Monsieur était très-avare et très-humble, avait l'air de jouer du tambour, elle répétait : « Il est rat, plat! plat! rat, plat, plat! »

<center>~~~</center>

Il n'est question à Samer, que de l'arrivée d'un homme bien étonnant : c'est un fabricant de soupirs tristes pour pharmaciens qui préparent des potions inutiles.

<center>~~~</center>

Duel. — Fer battu.

<center>~~~</center>

Dernièrement dans un salon Maurice Bouchor et Paul Bourget ont fait tant *de frais*, qu'ils ont enrhumé tout le monde.

<center>~~~</center>

Pensée d'un asphyxié convaincu :
Où il y a de l'oxygène, il n'y a pas de plaisir.

<center>~~~</center>

Un monsieur assez âgé est mort l'autre jour victime d'une distraction abominable : après s'être lavé les mains, il s'est jeté par la fenêtre, à la place de l'eau sale, puis il a déposé la cuvette dans un coin.

<center>~~~</center>

FABLE

A Théodore de Banville:

Un jockey perd la vie — épisode touchant!

MORALITÉ

Quand on est mort c'est pour *Longchamps !*

Ernest d'Hervilly, en traversant le faubourg
Saint-Germain pour aller au Jardin des Plantes,
s'arrête auprès d'un équipage, et regarde un

laquais couvert de fourrures, ce que les gamins
appellent un *poileux*.

D'Hervilly, distrait, se croit au Jardin des
Plantes devant l'ours, et offre amicalement un
petit pain au *poileux*.

4

Bout de conversation :

« Mon cher, on ne se marie pas comme ça ; le mariage est une chose immense : c'est la *belle-mère* à boire ! »

***

Un inventeur de Wimereux vient de trouver des pincettes pour poignées de mains répugnantes ; avec ces pincettes on ne touche plus les mains des déshonorés, des faillis, des filous, des Alphonses.

On les met dans la manche de l'habit (les pincettes), et elles sauvent un peu d'honneur en évitant tout contact.

***

Entendu dire à G. Worms en omnibus :

Cette femme est si maigre, que lorsqu'elle est en chemise elle ressemble à du linge qui sèche sur un bâton !

***

Quels immenses haricots doit manger Éole, dieu des vents !

***

Un savant de Montmartre vient de découvrir des ficelles qu'on attache au plafond des salles à manger et qui servent à *défroncer* les sourcils des belles-mères à table.

***

Ma concierge est très élégante, elle change les formules établies et dit : « Quand les poules auront des *gants*. »

***

Une dame qui voyage toujours sur la ligne de Lyon et dont les yeux sortent abominablement des orbites, vient de demander des dommages et intérêts à la Compagnie de P. L. M., prétendant que ce sont les secousses des trains qui lui ont changé les yeux en boules de loto.

 Les sœurs Samary m'annoncent
qu'on va supprimer tous les chiens
de Paris, à cause de la rage, et les
remplacer par des chiens de faïence,
que l'on placera dans les rues, aux
endroits où l'on avait l'habitude de
voir les autres.

C'est prudent.

⁓

Un grand pédicure, (je ne dis pas que c'est
Arnold!) donne de grandes soirées très officielles
dans lesquelles il est interdit aux hommes de

porter souliers et chaussettes ; — comme le pédicure fait les cors à tout ce monde-là, il veut
qu'on admire son ouvrage : tous les invités dan-
sent pieds nus.

Un mari qui est certain que sa femme a un amant, a raison d'appeler cette femme sa *moitié*.

~~~

Il vaut mieux froisser un papier dans un cabinet d'aisances qu'un amour-propre dans un salon.

~~~

Les banquettes sont si dures qu'on va faire des pantalons à *faux derrières* très rembourrés pour les voyageurs qui font de longs voyages en troisième classe.

~~~

Aversion. — Horreur des averses.

~~~

Oh ! le dilettantisme en amour ! Je connais un mari qui a conservé dans un médaillon un morceau du coton de la bougie qu'il a éteinte la première nuit de ses noces !

~~~

On annonce l'arrivée d'un professeur de regards modestes pour garçons de cabinets particuliers.

~~~

Hier, je suis entré avec mon parapluie chez un cireur ; ce cireur distrait a ciré mes souliers, plus le bout de mon parapluie, croyant que c'était une jambe de bois.

~~~

FABLE-CONSEIL

A Armand Silvestre.

Ne prête pas d'argent à l'ami de ton cœur.

MORALITÉ.

Rien n'est sacré pour un *tapeur !*

Loir Luidgi m'apprend qu'on vient de décorer le peintre suédois qui a envoyé à Paris un stock de tableaux à l'huile de ricin pour hôpitaux.

~~~

Jules Laffite a trouvé un moyen qui détruit les cigares l'hiver : Vous prenez un peu d'une potion qu'il a faite et qui vous donne une haleine bleue ; vous mettez un bout de bois dans votre bouche, vous envoyez de l'haleine bleue dans la rue, et vous avez l'air de fumer un londrès, seulement c'est meilleur.

~~~

A l'école des frères :
L'ÉLÈVE : — Faut-il un grand F à Fléchier ?
LE FRÈRE : — Oui, mon enfant.
L'ÉLÈVE : — Pourtant ce n'est pas un nom propre.

~~~

L'autre soir, dans un salon, un chasseur a fait frémir toutes les dames en hurlant à plusieurs reprises à l'oreille d'un sourd auquel il faisait un récit de chasse : « Je vous dis *merle ! ! !* »

~~~

Hydrothérapie : — Eau de vie.

~~~

Les hirondelles sont embêtantes quand elles *rasent* la terre.

~~~

Réflexion d'Édouard Noël :
Comme dans les brasseries les femmes se laissent fort bien embrasser, on devrait appeler ces établissements des *embrasseries.*

~~~

4.

Entendu dire à la bonne de Lorin :

« Ce monsieur a tellement une figure en coin
de rue qu'à peine assis chez nous, les chiens de
madame viennent tout de suite lui pisser sur le
nez. »

Il vient d'arriver à Calais un professeur de
regards pitoyables pour les gens qui écoutent
le récit de malheurs qui ne les intéressent pas
du tout.

Le coiffeur François, de la rue de Grammont,
vient d'inventer des têtes artificielles en vessies,
avec du rouge dedans, pour apprendre à raser
aux jeunes coiffeurs.

Pensée du peintre Vibert :

La poitrine des femmes phénomènes ressemble à un traversin sur une corde.

Phrase à dire vite pour guérir le bégaiement :

L'oiseau est un peu pie qui pépie en faisant
pipi et pis à Pise dans les pépinières de Pépini,
pépiniériste du *Missipipi*.

A TRAVERS

LE THÉATRE

A TRAVERS LE THÉATRE

MAISON DE MOLIÈRE

Le grand administrateur, M. Emile Perrin, qui a le sentiment de l'harmonie, des couleurs et des plaisirs de l'œil, est absolument décidé, pour en finir avec l'aspect triste des fronts chauves des habitués de l'orchestre de la Comédie française, à mettre au vestiaire toutes les

perruques Louis XIV qui ne servent plus aux
artistes : elles garniront les crânes déserts. —
Le lustre ne miroitera plus sur ces calebasses
ivoirines, et le public des galeries ne louchera
plus en regardant ces étincelantes calvities.

Ce sera, de plus, un hommage rendu à Molière,
et tout le monde sera satisfait. Bravo, M. Perrin !

—o-o—

AUX ÉLÈVES DU CONSERVATOIRE

On sait à quel point le public impressionne
les artistes dramatiques, la première fois qu'ils
montent sur les planches : ça fait chaud dans les
mains, froid dans le dos, la sueur vous noie, on
a le cœur et le derrière serrés. Pour obvier à cet
inconvénient, l'administration du Conservatoire
va, sur le conseil de Got, faire peindre dans les
classes des salles de spectacle avec des bonshommes peints qui seront aux balcons, à l'orchestre, dans des loges, même au poulailler
(il faut plaire à tout le monde).

Parmi ces bonshommes, on peindra quelques critiques, l'air grognon, pas jolis, ressem-
blant à Sarcey, et quelques gilets à cœur, pour
habituer les élèves à jouer avec goût devant un
public artificiel chic. On n'admettra pas de cla-
queurs ; de temps en temps, les huissiers du
Conservatoire pourront applaudir un récit de
Théramène ou une tartine de Scapin, pour que
ça ne rappelle pas les insupportables *mardis* si
froids du Théâtre-Français. En travaillant toujours comme ça devant du monde, les élèves du

Conservatoire ne connaîtront plus, quand ils dé-
buteront, ces peurs horribles qui leur font
garder un pot de chambre des heures à la main,
qui les font courir comme des fous au n° 100, et
ils seront à jamais délivrés de l'émotion insépa-
rable d'un premier début.

—◦—◦—

LE DRAME EN PROVINCE

C'était au théâtre de Boulogne-sur-Mer. On y
jouait *les Fugitifs ou la guerre de l'Inde*.
Le rideau se lève sur l'acte de la pleine mer ;

toute la scène est
employée jusqu'au
bout du théâtre, à
faire l'immensité :
au milieu, un ro-
cher, sur lequel
une mère et sa
fille, — pauvres
fugitives ! — agi-
tent des mouchoirs
vers un navire qui
passe à l'horizon
sans les voir ! Les
flots se balancent,
terribles, grâce au
zèle de gamins placés en dessous et payés à
raison de deux sous le flot !
Le public est transporté, il n'en peut plus......
Que c'est beau !
Soudain, dans cette eau profonde, dans cette

mer orientale, deux pioupious apparaissent portant leurs godillots à la main! Se trouvant bloqués, après avoir figuré, et ne pouvant s'en aller sans traverser le théâtre, les deux Dumanet avaient trouvé ce moyen ingénieux de rendre vraisemblable leur apparition en ôtant leurs souliers et en marchant comme deux Jésus sur la mer!

—·○·○—

Un drôle de Cirque :

J'arrive de province ; (je ne nomme pas la ville, pour ne pas lui faire de réclame) où j'ai vu un cirque bigrement mal tenu. Les chevaux y marchent avec une telle indifférence, en portant des écuyers si endormis, et l'homme à la chambrière, du milieu de l'arène, a les deux mains tellement dans ses poches, et la pipe tellement au bec, que les ouvreuses se mouchent sans façon, dans la queue des chevaux, quand ils passent!!

Coquelin cadet, dans le jeune pianiste du *Sphinx*, joue en *saule* mineur.

Ernest Blum disait dernièrement de Léonce :
« Il ne ferait pas de mal à un bateau-
mouche! »

—o-o—

Embarras de la langue

Je vais à Sardy voir Marlou ; non, je vais à
Marlou voir Sardy ; non, je vais à Sarly voir
Mardou ; non, je vais à Sardou voir Marly;
non, je vais à Marly voir Sardou !

Ludovic Halévy est très blême; ce qui fait dire
à une dame qui n'a pas la mémoire des noms,
en parlant des deux charmants écrivains :
Meilhac et *Anémique.*

Dans ses chroniques théâtrales, Sarcey est
bouledoguematique.

Coquelin ainé, avant d'être l'excellent comédien
que nous connaissons, était un excellent pâtissier, il était un grand *tartiste.*

AU THÉATRE DES BATIGNOLLES

J'ai sténographié au poulailler du théâtre des Batignolles, pendant les *Deux orphelines*, à l'acte du bouge, ce *crescendo* d'impressions d'une spectatrice en écoutant la Frochard torturer la jeune orpheline aveugle :

— « Que je lui ficherais bien une pomme à cette canaille-là !

— « Oh ! si j'avais une saucisse !

— « Donnez-moi un cervelas !

— « Mais passez-moi donc un pavé !

— « Oh ! si je tenais une tuile !

— (Sautant en l'air) « Bon sens de Dieu ! la maison ne s'écroulera donc pas sur cette saloperie-là ! »

Le Théâtre-Français fait tant d'argent qu'on pourrait l'appeler le théâtre de la Monnaie, et les sociétaires les *satiétaires* de la Comédie française.

—o—o—

LES RUES DES ACTEURS DU THÉATRE-FRANÇAIS

On vient de faire la statistique des rues de Paris qui portent le nom des excellents artistes de la Comédie française ; la voici :

Rue Molière,	Rue de Laroche,
Rue Talma,	Rue Martel,
Rue Lekain,	Rue Baillet,
Rue Fleury,	Rue Tronchet,
Rue Samson,	Impasse Richard,
Rue Regnier,	Rue Favart,
Rue Leroux,	Rue de (B) Rohan,
Impasse Delaunay,	Rue Thénard,
Rue Lafontaine,	Rue de Sully (Mounet),
Rue Thiron,	Rue Cadet (Coquelin).

Sans compter les nombreuses rues où l'on travaille qui s'appellent *rue Barrée.*

Et on refuse de décorer les comédiens !

—o—o—

Abraham Dreyfus m'affirme que quand les nègres jouent le répertoire de Scribe, ils suppriment les : « Vous pâlissez, Colonel ! »

—o—o—

Déplacements artistiques

L'Angleterre vient de demander l'acteur Hyacinthe ; il s'est embarqué à Boulogne.

Le nez d'Hyacinthe est arrivé 1 heure 20 avant le paquebot dans le port de Folkstone.

Les Folkstonois ont été *trompés*, ils ont cru que c'était le début d'un éléphant blanc qui arrivait, — ou le tunnel qui doit joindre la France à la perfide Albion, qui apparaissait soudain ; — après avoir constaté leur grosse erreur, et compris, ils ont ri, comme des bossus anglais, 1 heure 20 avant de voir le célèbre comique entrer entier dans l'Angleterre.

—◦—

LES MARDIS POPULAIRES

AU THÉATRE-FRANÇAIS

Le public aristocratique des *premières galeries* des *mardis*, au Théâtre-Français, est absolument décidé, pour s'amuser à l'ancien répertoire, et même au nouveau, de s'habiller en costume de *paradis*.

Les dames, en bonnets de linge, en robes de percale, avec chaussons, oranges, flans, noix, pommes à la main ; les hommes en blouse, en manches de chemise, la plupart ayant ôté leurs souliers, la casquette à cinq étages dans la poche et de luisantes rouflaquettes sur les tempes. — Comme cela les abonnés du *mardi* s'intéresseront, applaudiront, pleureront aux pièces, et jetteront peut-être, dans leur enthousiasme, des trognons de pommes et des pelures d'orange sur les *genoux* de l'orchestre et sur les chevelures du parterre. Ils boiront dans les entr'actes, au buffet, des limonades calabraises à deux *yards* le verre et à un sou la chope, en songeant aux *mégots* qu'ils cueilleront à la sortie, avant de monter dans leurs fringants équipages, et les représentations du *mardi*, au Théâtre-Français, auront alors ce caractère populaire que réclament impérieusement nos grands chefs-d'œuvre classiques.

—o·o—

Il va se fonder une Société appelée à aucun succès, pour sauvegarder l'innocence des jeunes filles qui entrent au théâtre. Cette Société, qui aura pour but le triomphe du capital, s'appellera : *La Préservactrice*.

~~~

C'est bien jeune, que Mme Jouassain de la Comédie française a été provoquée en *duègne*.

—o·o—

WAGONS A GIRAFES

Les Compagnies de chemins de fer, alléchées par le grand succès des girafes dans *la Vénus Noire*, se figurent que tous les théâtres de France vont faire jouer leurs drames par ces grandes actrices : de superbes wagons à girafes sont en construction. Ils auront tous des lunes pratiquées à leur couverture, pour laisser passer la tête des girafes, autrement les wagons seraient trop hauts, et ne pourraient plus entrer dans les tunnels. Ça coupera le cou aux girafes, mais comme ces animaux sont très longs, il en restera toujours assez pour les théâtres de province.

—o-o—

Au foyer de la Comédie française :

Davrigny. — Thiron manie bien l'ironie.
Truffier. — Oui, il est excessivement *Thironique*.

⌁⌁⌁

Un acteur de province jouant *le Cid* devant Claretie, a voulu conquérir le critique en transformant de cette aimable façon ce vers du récit :

A la pâle Claretie *qui tombe des étoiles.*

—o-o—

Le comble de l'em...bêtement.

C'est d'être pincé à minuit, quand il pleut, le long de voitures de vidanges, par un auteur bègue qui vous raconte un drame incompréhensible en cinq actes.

— ᴏˑᴏˑ —

AU CIRQUE FERNANDO

Un monsieur, aux premières, a son tuyau de *poils* sur la tête; ce tuyau empêche, aux secondes, un gavroche de voir le spectacle.

Le gavroche crie :

— Otez vot' chapeau, m'sieur, si vous plaît.

— ....

— Otez vot' chapeau, m'sieur.

— ....

— Otez chapeau.

— ....

— Chapeau !

— ....

— tez, peau !

— ....

— Peau !

— ....

— Eau !

— ....

— Eh, dis donc, *ver de vase*, vas-tu ôter ton chapeau ?

Le monsieur ôte son chapeau.

— ⚬-⚬ —

Baron, des Variétés, après une discussion avec un mari dont le *dos* est *vert* comme l'espérance, est parti en criant :

« Toi, je te repêcherai ! »

— ⚬-⚬ —

Un portrait de Sarah Bernhardt

Un peintre vient de faire cadeau, à la Comédie française, d'un magnifique portrait de Sarah Bernhardt. La charmante tragédienne est en peignoir de satin blanc très bouffant, un Racine à la main et un grand lévrier à ses pieds. Elle se détache sur un fond de jardin ; le ciel est immense et plein d'oiseaux. Et le peintre a fait tout ça sur un fil blanc.

OH ! LE THÉATRE !

Un grand malheur vient d'attrister une très petite ville du Nord. Deux vieilles dames, vivant ensemble et ratatinées par la vie de province, sont mortes de peur en entendant, une nuit, le troisième rôle du théâtre travailler un rôle de traître de mélodrame dans la chambre à côté de la leur. Le troisième rôle criait qu'il allait empoisonner douze familles, emporter tout l'or des châteaux, jeter les enfants par dessus les remparts et brûler toute la ville!!! Ces pauvres vieilles ont cru que c'était *vrai*, que leur dernière heure était arrivée ; elles sont tombées à genoux, folles, puis elles sont mortes en prière, pendant que le menton bleu d'à côté hurlait et vociférait comme un démon, en frappant horriblement du pied !

—◦ ◦—

Que dirait-on si Got mourait, et si le marbrier lui ratait son monument?

— *Quel sot dôme à Got mort.*

5.

UNE TRISTE NUIT

Un accident a attristé, l'autre matin, le théâtre des Gobelins. Une dame, sur la scène, pendant un entr'acte, en train de bâiller le long d'une toile du fond, n'a pas été vue par les machinistes pendant le changement de décor. La malheureuse a eu sa robe prise dans la toile qui s'enroulait, elle a naturellement suivi sa robe, s'enroulant elle-même. Ses cris (elle avait la bouche ouverte puisqu'elle bâillait) ont été étouffés. Le lendemain matin on a retrouvé la dame enroulée comme un fort morceau de lard, et respirant encore ; sa bouche ne s'était heureusement pas fermée.

Quelle triste nuit elle a dû passer !

—◦◦—

AU CIRQUE D'HIVER

Au cirque d'hiver un cheval entre, frémissant, dans l'arène ; un écuyer, costumé en marin, le suit en pirouettant ; il bondit sur son navire... non, sur le cheval, et commence à mimer tous les exercices de la navigation.

Il rame, hisse les voiles, crache dans ses mains, manipule le cabestan, nettoie le pont du

cheval... non, du navire, respire l'air joyeuse-
ment, chique, pense à sa mère qui est là-bas...

La tempête survient : désespoir — cris muets
de détresse — prière, déshabillement, — un
homme à la mer, il nage. Sauvé, merci mon
Dieu ! le calme, — la famine, — il faut manger :
il tue un passager ! ! !

L'écuyer... non, le marin criminel est traduit
devant les tribunaux et condamné aux travaux
forcés. Il change de costume, le voilà en forçat.

Il change encore, le voilà en caleçon pailleté
— collant rose — diadème doré, représentant la
Justice humaine, une grande balance à la main !
C'est un immence succès ; mais la balance inspire cette réflexion à une femme à lunettes, ma
voisine : « Quelle infamie ! un si grand crime, et
obtenir un bureau de tabac ! »

~~~

A la place du Trône, Dupuis, des Variétés,
murmure en se grattant dans une baraque :
« J'aimerais mieux être *pain d'épices* que *pain
des puces !* »

—⌒·⌒—

PAUVRE OUVREUSE !

Un grand malheur est arrivé hier à l'Opéra.
Une ouvreuse dont la bouche était énorme a eu
l'imprudence de bâiller en aidant un gros abonné
à mettre son pardessus ; l'abonné, abruti par la
musique, croyant entrer dans la manche de son
pardessus, a fourré sa main, son bras et son
épaule (sur laquelle il y avait une peau de chat

pour rhumatisme) dans la bouche de l'ouvreuse et a occasionné les plus grands désordres dans le fond de l'ouvreuse qui était enceinte de sept mois.

— ᴑ ᴐ —

Le fils de Coquelin aîné chantait un air d'opéra en s'habillant. Sa mère lui dit : « As-tu fini de miauler ? » — Jean Coquelin, blessé, répond di-

gnement : « Je miaule, c'est possible, mais je miaule en Carvalho ! »

᷍᷍

Febvre disait en parlant d'une artiste dont les yeux sont aussi grands que ternes : « Ses yeux ressemblent à des lanternes d'omnibus qu'on a oublié d'allumer.

— ᴑ ᴐ —

AUX CHEFS D'ORCHESTRE

A Charles Garnier.

Quand un chef d'orchestre a dans son orchestre un musicien laid, aux habitudes malpropres, qui a toujours de la colophane aux yeux et les oreilles trop grandes et remplies de poils, qui a l'air de manger du macaroni à l'italienne quand il parle, qui lit le *Français* et dont la jeunesse a été pleine de vilaines habitudes, qui a une femme qui crie : « Vive l'empereur ! » et avec laquelle il se grise tout le temps, un musicien en un mot qui mérite d'être expulsé de l'orchestre ; le chef n'a, en conduisant les ouvertures et les opéras, qu'à avoir toujours les yeux fixés sur le misérable ; le regarder continuellement avec un mépris souverain et hausser à chaque seconde les épaules en criant : Aïe ! aïe ! aïe !.. comme s'il était écrasé par tant d'imbécillité ; le public le remarquera, ça l'ennuiera, il le manifestera et le directeur fichera le sale musicien à la porte.

Si le chef d'orchestre est malin, il peut en très peu de temps se débarrasser par ce moyen de tout son orchestre.

Hyacinthe, c'est le *nez* plus ultra.

Le comble du souffle pour un souffleur :
Éteindre un acteur.

SARAH-BERNHARDTIANA

Sarah Bernhardt c'est le *plat* du jour.

Sarah Bernhardt a dans son atelier la chaise sur laquelle elle s'asseyait quand elle était enfant ; cela s'appelle *le siège de Sarah gosse*.

Sarah Bernhardt est devenue une immense actrice, grâce à l'art !

Sarah Bernhardt se mettant au bain : — Un coup d'épée dans l'eau.

Un soir d'automne Sarah Bernhardt a été renversée par une feuille morte qui tombait.

On disait à Sarah Bernhardt : « Rentrez en vous-même. »
— Je ne peux pas, répondit la charmante actrice, il n'y a pas de place.

Au Théâtre-Français le loueur de lorgnettes loue des jumelles spéciales pour *voir* Sarah Bernhardt.

Il faudrait que Sarah Bernhardt vécût joliment en sainte pour finir en état de grâce.

Sarah Bernhardt, inspirée par le télégraphe, a trouvé une devise qui donne son poids :

Telle est gramme!

Sarah Bernhardt est très intelligente, mais elle manque de saillies.

Sarah Bernhardt, c'est le *sec* plus ultra !

Sarah Bernhardt, c'est l'article *sec*.

QUELQUES
CONSEILS

QUELQUES CONSEILS

Lire avec son derrière les lettres anonymes.

Ne fréquentez pas les gens qui ont la jaunisse, vous l'attraperiez : l'influence des *bilieux* !

Vivier, qui a eu les plus grands succès de femmes dans les bals du grand monde, conseille ce truc à ceux qui veulent faire des conquêtes : Ecrire une déclaration d'amour très brûlante en grosses lettres, à l'encre de chine, sur le plastron de votre chemise (on peut en mettre long avec le gilet en fromage); avoir un faux plastron que l'on tire adroitement sitôt que la valse commence. La dame lit la déclaration sur le vrai plastron pendant la danse ; ça l'enivre, surtout si l'orchestre joue la *Valse des Roses*, de Métra, et elle est subjuguée. Après la valse, vous hissez le faux plastron sur le vrai, vous reconduisez en souriant votre danseuse à sa noble famille et vous avez une maîtresse de plus.

Pour les personnes chauves qui ont beaucoup de poils sur les mains :

Avoir constamment les mains sur le crâne, on ne s'apercevra de rien et ça tuera les perruques.

~~~

Ne jamais dire dans le grand monde, en parlant de ses pieds : « Mes parfumeurs. »

~~~

Quand un homme mal élevé ira faire une visite à une dame l'hiver, il ôtera ses gants dans l'escalier, laissera refroidir ses mains et quand elles seront bien glacées, il entrera chez la dame et lui serrera les siennes avec effusion. La dame fera une grimace très amusante.

~~~

Poitrinaires pauvres, n'écoutez pas les médecins, ce sont des blagueurs ! Ils vous ordonnent d'aller dans les forêts de sapins respirer de la résine. Suivez plutôt les retraites aux flambeaux que vous rencontrez dans les rues les soirs de fêtes, il y a de la résine dans les torches : respirez ferme ; ça ne vous coûte rien et vous fait plus de bien que toutes les sapinières du monde !

~~~

Pour être désagréable en voyage, d'après Aurélien Scholl :

S'habiller en femme, fumer beaucoup, garder toute la fumée dans l'estomac, monter dans le wagon des dames, et toutes les deux minutes, envoyer au nez des voyageuses un nuage de la fumée en réserve.

~~~

Ayez toujours de très longs domestiques, car lorsque vous avez beaucoup de monde à diner et que votre table est très large, ils peuvent s'allonger de toute leur longueur sur la table pour prendre les plats, sans déranger les invités ; puis, si vous voulez être tout à fait raffinés comme amphithryons, recommandez à vos domestiques de se rincer la bouche avec de l'essence de rose avant le repas pour que vos hôtes respirent avec plaisir leur haleine, généralement empestée par l'horrible odeur d'une pipe culottée, comme ça ils pourront souffler, sans crainte, dans le cou des invités le nom des mets; enfin, si vous voulez être complètement chic, ne mettez pas en haut du menu le nom de *Menu*, qui est un artiste de l'Opéra, honorable sans doute, mais rien de plus, mettez le nom de *Faure*.

~~~

Voici l'été, épousez une femme *ombrageuse*.

~~~

Quand vous êtes aux water-closets et que quelqu'un vient pour ouvrir, ne criez pas : « Il y a du monde! » car on reconnaît la voix de la personne occupée et c'est ennuyeux. Prenez une

JOYEUSETÉS

FANTASQUES

6

JOYEUSETÉS FANTASQUES

os-
rix et

BIBLIOTHÈQUE NATIONALE.

JOYEUSETÉS FANTASQUES

LA VIE ÉLÉGANTE

A H. Damain.

Un jeune élégant dine en ville. Il a malheureusement les deux pieds dans un état impossible de cors, d'engelures, d'œils-de-perdrix et

d'oignons ; ses pieds sont énormes, de sorte que sa chaussure rappelle une mer en fureur.

L'élégant se met à table, mange bien, a de l'esprit ; tout à coup, au rôti, une forte douleur exaspère ses baromètres pédestres, (un changement de temps, sans doute), ses pieds sont au supplice. Il ne peut pas marcher pour faire circuler le sang ; il est à table et obligé de sourire à deux charmantes voisines ; la sueur perle sur son front, il ne dit plus rien, ses deux pieds le font mourir, ils lui remontent au cœur. L'élégant ne mange plus. Il essaie de courir sur place, il fait aller ses pieds comme deux baguettes de tambour : inutile ! Il souffre trop et ne peut plus endurer cela : il faut sortir de l'appartement ou ôter les souliers. La situation est terrible, elle lui donne la force ; avec ses bouts de pieds, il retire sa chaussure maritime.

Le voilà sans souliers ! Il respire, le repas touche à sa fin. L'élégant redevient aimable, il fait des calembours exquis, ses souliers ne le gênent plus !

Les derniers raisins sont avalés, on va passer au salon ; il s'agit de remettre sa chaussure. Il la cherche sous la table : ciel ! plus rien ! Il allonge les jambes, tâte partout, rien ! Il laisse tomber sa serviette, regarde : rien. Il se retourne et pâlit : dans un coin, il voit un de ses souliers qu'un chien est en train de ronger ; ce chien l'a trouvé près d'une chaise, a cru que c'était pour lui, il s'amuse avec ; à côté du chien, il voit le second soulier, dans lequel un chat s'est endormi. Que faire ? Le dîner est fini, tout le monde se lève.

Notre élégant, après avoir longtemps hésité,

se lève aussi et entre au salon avec un nez immense, une dame au bras et les pieds nus !! A
cause de ses cors, il ne pouvait pas supporter de
chaussettes !

—◦–◦—

PLUS DE PIANOS

Il vient d'arriver un professeur de ventrilo-
quie, qui enseigne à imiter les ronflements des
dormeurs les plus endurcis. Dans les salons où
les sonates se succèdent avec abondance, où les
pianistes se démanchent avec fureur sur un
malheureux clavier, on se met à ronfler violemment : tout le monde vous regarde et ne croit pas
que c'est vous, puisque vous avez les yeux ou-
verts et que ça part du ventre. — Le pianiste est
interloqué, mais continue ; on recommence à
ronfler, fureur du pianiste et des invités ; on
continue à ronfler, tout le monde se lève et se
regarde sous le nez. Le pianiste, exaspéré, ferme
le piano et chacun s'en va au buffet. On recommence cette plaisanterie tout le temps que dure
la musique, ça embête la société et le piano est
exterminé !

—◦–◦—

Bonne Nouvelle.

Les croque-morts, les cochers de corbillards,
les gens à claques des pompes funèbres vont, à
l'avenir, porter des lunettes noires encadrées

6.

d'argent. — Ça sera de deuil, et ça achèvera joliment leur costume de *pompiers* funèbres.

—○-○—

Avis aux Gourmands

On sait que les prunes, reines-Claude, mirabelles, lorsqu'on les mange, éclatent toujours de telle façon entre les doigts, que tout le jus s'en va intelligemment dans la main.

Charles Monselet vient d'imaginer un gant en porcelaine, à cuvette interne, dans laquelle ie jus des fruits s'échappe; après avoir mangé la prune, vous buvez et léchez le gant, et vous n'avez rien perdu.

—○-○—

LA VIE ÉLÉGANTE

C'est, dans un château, à la campagne; une grosse dame souffre d'immenses coliques. Le thomas semble voler dans l'air tant il fait la navette de sa place accoutumée à l'intérieur du lit de la dame.

Le docteur commande un lavement à l'alun (astringent terrible). Il écrit l'ordonnance en calfeutrant ses narines, et s'en va, heureux d'échapper à une atmosphère intolérable. La femme de chambre envoie le groom chercher le lavement et ne lui donne pas l'ordonnance. Le groom arrive comme une flèche chez l'apothicaire du village et crie : « Vite ! un lavement à l'alun. » Le

potard fait passer le groom dans l'arrière-boutique, et introduit dans ce jeune homme un lavement à l'alun. Cris du groom, qui sent ses entrailles se rétrécir.

Il refile comme une flèche brisée vers la maison de la dame, où il hurle, en arrivant : « V'là le lavement ! » — « Où est-il ? demande la femme de chambre. — « Je vais vous le donner ! » Il descend à la cuisine, prend une casserole, et lâche avec frénésie le

lavement dans la casserole ! — Ce lavement ne
fit aucun bien à la dame, mais il arrêta pour
quelques jours le groom, qui dut payer l'éta-
mage de la casserole.

—◦◦—

GIROUETTES A MUSIQUE

 On sait à quel point l'on souf-
fre, par les longues nuits d'hi-
ver, d'entendre, de son lit, gé-
mir les girouettes agitées par
le vent. Ce supplice est supprimé : on vient de découvrir
une musique que l'on adapte à
la girouette, et qui se met à re-
tentir sitôt que le vent commence. Si l'on ne dort pas, on est
ravi d'entendre les accords parfaits de la girouette. Pour les maisons qui ont plusieurs
girouettes, on fait adapter plusieurs musiques ;
et elles sont combinées de telle façon que, sitôt
que la bourrasque arrive, commence une magnifique symphonie en *ut* majeur pour girouettes.

—◦◦—

CHEMISES D'ÉTÉ

Un fabricant édimbourgeois, (ni daim, ni bourgeois), vient d'apporter à Paris de fameuses
chemises d'été.

Ces chemises se composent d'un col et d'une paire de manchettes retenues au col par un fil blanc; tout le reste de la chemise est supprimé, ça ne gêne pas dans le pantalon, ce qu'on a frais!

Il y a des chemises de nuit d'été. Elles n'ont pas de manchettes, elles se composent en tout d'un simple col et il est faux, c'est encore plus agréable.

Le fabricant parle d'en faire sans col! Ce sera bien difficile à marquer.

Bidet à Lunettes

Je connais un Avranchin qui adore l'équitation et qui a peur des chevaux. Il sait que le

cheval, à cause de la conformation de ses yeux, voit son maître onze ou douze fois plus gros qu'il ne l'est, et que c'est pour cette raison qu'il se laisse mener par le bout du nez par un moucheron d'homme ; mais ça ne suffit pas au poltron.

Pour être plus tranquille, il a fait confectionner pour son bidet une paire de lunettes avec des verres tellement grossissants, qu'ils montrent les choses à l'animal cinquante fois plus grosses qu'elles ne le sont.

Le bidet à lunettes craint maintenant tellement tout, qu'il tremble sans cesse comme une feuille et ne veut plus marcher ; l'Avranchin est tout à fait rassuré, et va se promener sur un autre.

— ‹·› —

LA VIE ÉLÉGANTE

Dans un bal officiel, un jeune secrétaire d'ambassade se sent mourir d'une envie bien naturelle ; il disparaît comme un être maudit, à la grande stupéfaction des invités, il s'engouffre dans les water-closets, pose son claque sur la planche infâme qui voit toujours les mêmes figures, et se satisfait en poussant.... des soupirs de reconnaissance.

Il fait vite pour que l'on ne s'aperçoive pas de son absence. Mais, — ô malheur ! — dans sa précipitation il se trompe; en croyant prendre son claque, il saisit le couvercle des lieux et rentre au bal, rayonnant, avec l'atroce objet en guise de chapeau, entre le bras et l'aisselle!

—◦-◦—

SEINS PEINTS

Il est question d'un orthopédiste de Fécamp qui vient de découvrir des seins peints. Ces seins sont en caoutchouc, et peints si merveilleusement qu'ils sont plus jolis que nature. Les dames dont les estomacs rappellent les *plats* de côtes, s'appliqueront ces seins peints, ça rembourrera leur pauvre corset, et, quand elles iront au bal en décolleté, elles auront un succès bœuf.

On dit que quelques seins peints portent, en bas, la signature de Bouguereau et de Cabanel, ce sont des seins peints pour femme du monde.

— ◦-◦—

Courses aux Cerceaux

D'immenses courses aux cerceaux vont avoir lieu à Auteuil et sur tous les champs de courses des environs. On vient de s'apercevoir, avec justice (il était temps!) qu'on ne faisait rien pour l'amélioration des cerceaux!

SOUVENIR DE LA GRÈVE DES COCHERS

Il y avait de tout parmi les cochers intérimaires pendant la grève : des architectes, des professeurs de piano, des prêtres fatigués, des jardiniers ; il y avait même des joueurs de cornet à pistons. Un jour, j'ai été conduit par un cocher-piston, qui n'avait mis que *libre* sur un côté de sa pancarte ; sur l'autre côté il y avait de la musique, et il jouait du piston en lisant sur sa partie et en conduisant son cheval. J'ai failli verser une dizaine de fois, mais je me suis bien amusé.

DIMANCHE MATIN

LA SONNETTE. — Ding ! Ding !
MOI (*en chemise*). — Voilà.
UN EMPLOYÉ DU TÉLÉGRAPHE. — Une dépê- .
che.
MOI (*la prenant*). — Merci.
L'EMPLOYÉ. — C'est une dépêche.
MOI (*la lisant*). — Je le vois bien.

L'EMPLOYÉ. — Nous ne faisons plus signer de reçu.

MOI. — Je le sais. — Au revoir.

L'EMPLOYÉ. — Nous avons le droit de laisser les dépêches chez le concierge.

MOI. — Je le sais bien. — Sans adieu.

L'EMPLOYÉ. — Ça vaut mieux, plus d'ennui ; seulement nous montons les escaliers quand le concierge n'y est pas.

MOI (*sentant la carotte du pourboire*). — Vous les montiez avant ; c'est le métier. — A bientôt.

L'EMPLOYÉ. — C'est fatigant de monter les escaliers, ça donne soif.

MOI. — Il faut boire. — Adieu.

L'EMPLOYÉ. — Il faut boire. Comment ?

MOI. — Je suis en chemise, je voudrais me recoucher.

L'EMPLOYÉ. — Boire comment ? (*Un temps*) *Voyons, un dimanche, on ne peut pas recevoir de mauvaises nouvelles !!*

MOI (*soudain*). — Tenez, voilà 50 centimes.

(*Il sort*).

———o-o———

Rambuteaux-Canins

Un grand projet absorbe en ce moment nos édiles éclairés : celui de faire placer, dans Paris, des Rambuteaux pour les chiens. Il est désagréable de voir le bas des maisons en proie aux besoins pressants de ces animaux (sans compter que ça tombe dans les caves, et que ça arrose,

7

quelquefois, des personnes fort convenables) et surtout de voir certaine contruction vouée à l'écroulement, par suite de ces urinages persistants. Une fois ces pissotières fabriquées, et placées à côté de celles des hommes (on y mettra même des *paravents* en fonte comme aux Rambuteaux-humains), la Ville lâchera une bande de chiens savants, qui sauront uriner dans les Rambuteaux-canins, ça donnera l'exemple, et au bout de quinze jours, l'habitude sera prise par toute la race canine.

—o—o—

LA VIE ÉLÉGANTE

A. Paulon est un garçon très élégant et très poétique, qui adore s'enivrer des splendeurs de la nature. Il se promène dans la forêt de Fontainebleau en regardant de toutes ses forces les merveilles automnales : les arbres se dépouillent, des tourbillons de feuilles mortes pleuvent. Soudain, une feuille vient heurter le nez de Paulon : « Oh ! que c'est amusant ! » Celle-là est poussée par le vent et a l'air de rester une seconde sur cet appareil nasal comme une plume sur un nez de clown, au cirque. Paulon la trouve très gentille... elle va glisser sans doute ; au bout d'une minute la feuille n'est pas partie. « Allons, j'en ai assez ! » Paulon secoue la tête, la feuille reste ; il secoue davantage, la feuille reste encore ; il lui donne une chiquenaude, elle reste toujours ! elle a l'air de dire : « J'y suis, j'y reste ! » Paulon n'y comprend

rien. Tout à coup il flaire une très mauvaise
odeur : plus de doute, il a compris, c'est de la...
colle qu'il y a après la feuille ! — Il l'arrache
avec fureur, la flanque par terre, s'essuie le nez
avec une feuille qui n'a pas servi, et continue à
s'enivrer des splendeurs de la nature !

—o-o—

Aux Voyageurs

Toutes les Compagnies de chemins de fer,
toujours en quête d'améliorations nouvelles,
viennent enfin de prendre en pitié les malheureux voyageurs qui sont obligés de se nourrir
dans les buffets des gares. On sait que dans
presque tous ces établissements la nourriture
est inférieure (nous n'en nommons aucun pour
ne pas faire de réclame), et si dure, cette nourriture, qu'on est obligé de lutter à dents plates
avec elle, et de recommander son âme à Dieu
quand elle passe dans le gosier, tant elle est brûlante ou glacée !

A l'avenir, de forts râteliers, qui iront à tous,
même à ceux qui ont 32 ou 35 dents, et des gosiers artificiels en zinc très solides, seront mis à
la disposition des touristes. On les trouvera ac-
crochés aux portes du buffet, et on les y raccro-
chera en sortant. De cette façon on pourra mas-
tiquer rapidement, sans douleur, et avaler, sans
les goûter et sans se brûler, les potages, viandes
et boissons qui font faire tant de grimaces et de
dépenses aux voyageurs. — Après le départ des

trains, des hommes d'équipe laveront à grande
eau les râteliers et les gosiers publics.

—·○·○—

ÉCOLE DE CROQUE-MORTS

Il est question de créer une école de croque-
morts ; tous les enfants qui ont l'air lugubre
pourront y être admis, on fera leur triste éducation. Un grand mime sera attaché à l'établissement et leur enseignera comment on a une
figure tout à fait contrite.

Avec cette école on aura au moins des croque-
morts qui n'iront plus enterrer le monde avec
des visages de noces, éclatants de joie : ce qui
n'est pas gai.

—·○·○—

FAITES-VOUS MASSER

L'autre soir, au Hammam, j'ai été témoin
d'une chose extraordinaire, même pour un homme
qui sue. Un masseur piétinait un pauvre être
tout nu ; il exécutait sur son échine les danses
les plus macabres, aux murmures des os, qui
gazouillaient sous la peau du pauvre aplati. Tout
à coup, ce dernier, réconforté au delà de toute
expression par le massage, part à quatre pattes
et au galop, emportant sur son dos le masseur.
Une course terrible eut lieu dans toutes les
étuves ; les étuvistes regardaient passer avec

effarement le massé chevauché par le masseur. C'était un curieux spectacle de voir la figure ardente, les yeux brillants, l'air de jeunesse ineffable qu'avait sous le masseur le massé. Ils traversèrent heureusement la piscine, et cette course finit par une bouteille de madère, bue par massé et masseur aux applaudissements des nègres, des *ensevelis* et des plieurs de peignoirs de l'établissement.

TROP DE ZÈLE

Je comprends qu'on embellisse Paris, mais il est une chose contre laquelle je m'élève formellement : ce sont les dépenses exagérées et inopportunes.

On a doté les boulevards de petits refuges qui sont comme les oasis de la circulation parisienne.

J'estime que ces petits refuges étaient inutiles, pour cette raison : c'est que les gens qui traversent les boulevards n'avaient qu'à grimper sur les gardiens de la paix, ça ne les fatiguait pas, et ça remplaçait les refuges.

PLUS DE BRUIT

On sait à quel point il est désagréable, quand on est aux water-closets, de pousser un son, si l'on sent que les personnes de la maison où l'on est vous entendent. C'est un triste plaisir que cette vilaine musique pour des oreilles d'amphitryon. Un inventeur philanthropique a découvert un entonnoir qui étouffe, non les sanglots de la victime, mais les pétarades de l'ami. C'est en caoutchouc et ça absorbe tous les bruits, même celui du papier. Avec cet entonnoir, on peut y aller carrément et faire du bruit comme quatre, sans se soucier du reste.

—–○–○—–

CORSETS TUCKER

Vous connaissez les sommiers Tucker ? Vous vous couchez dessus, et vous rebondissez jusqu'au ciel-de-lit.

On vient de trouver les corsets Tucker ; ça donne les mêmes résultats que les sommiers.

Vous aimez une dame qui porte ce corset ; vous voulez la presser contre votre cœur ; v'lan ! vous voilà lancé au diable ! C'est moral.

Si, dans un omnibus, il y a plusieurs dames qui ont des corsets Tucker, et qu'en montant un cahot vous fasse tomber sur un corset, vous rebondissez sur tous les corsets comme une toupie hollandaise, et vous allez vous asseoir, tout meurtri, à votre place. C'est douloureux.

Si, dans un bal, vous valsez avec un corset Tucker, et que, dans l'ivresse de la valse, vous serriez votre valseuse, vous allez dinguer dans un domestique, porteur de punchs, ou dans un militaire, qui vous cherche une bonne querelle. C'est assommant.

Les corsets Tucker vont faire une révolution dans les habitudes mondaines ; nous les recommandons aux femmes qui n'aiment pas.

—o–o—

COURSE INUTILE

L'autre soir, à la hauteur de la rue de la Truanderie, un nègre, atteint d'une extinction de voix complète, a appelé de toutes ses forces l'omnibus qui passait.

Le conducteur n'a rien entendu. Le nègre était si nègre qu'on ne l'a pas vu dans la nuit. Il a donc couru, en criant après le conducteur, pendant tout le parcours de l'omnibus, sans être vu ni entendu.

—o–o—

OMNIBUS-ANNONCES
(SOUVENIR)

Depuis quelque temps les omnibus qui sillonnent Paris sont favorisés de réclames imprimées-coloriées flamboyantes, mais qui déroutent les provinciaux. — Ils se demandent quel est le quartier de la ville qui s'appelle

Godchau et quel est celui qu'on intitule *Bas-Varices*. A l'heure qu'il est, les grandes maisons de Paris veulent faire de la réclame vivante ; plus d'erreur, — des hommes mannequins costumés en produits vantés se tiendront sur l'impériale derrière les réclames imprimées :

Godchau paiera des vêtements aux pauvres bonshommes qui voudront passer des heures sur l'omnibus à crier : « Nous sommes habillés par *Godchau*! Est-ce *good*! Est-ce *chaud*? »

Le Thé de la caravane offrira des costumes de chameaux aux oisifs célibataires qui voudront hurler sur l'impériale que ce thé de la caravane est excellent, et qu'il faut s'en donner une bosse.

La Chemise spéciale donnera gratis des chemises à ceux qui n'en ont pas et qui voudront passer plusieurs jours, là-haut, dans le costume d'une beauté qu'on arrache au sommeil, en disant à tous : « Quel linge! V'là quinze jours que je l'ai sur le dos!! » Le conducteur sera en chemise sur son marchepied pour que les trimballés de l'intérieur puissent juger (on lui fera une chemise à poches pour ses correspondances et son argent).

Les Vidanges atmosphériques mettront quelques aimables vidangeurs à l'air. Ils porteront des grosses bottes, des lanternes mouchetées et des échantillons dans de petits tonneaux — et ils chanteront des chansons joyeuses sur un thème qui commencera par :

> Faites comme chez vous!
> Nous sommes là , les gentils vidangeurs!
> . . . . . , ...

etc., etc. — Et Paris sera gai, il aura toujours l'air d'être en carnaval !

Encore un malheur !

Un homme d'un certain âge, en train de prendre un bain chaud, a avalé le bouchon qui flottait dans sa baignoire. Le bouchon est sorti par où vous savez, et le pauvre nettoyé l'a *été* complètement. On l'a retrouvé flottant dans son bain chaud, le bouchon aux... lèvres, traversé par l'horrible ficelle !

———o-o———

CETTE CHÈRE DAME

A G. Worms.

La dame qui pour dire steeple-chase dit *six petites chaises*, trouve que M. Henri de *Peigne* est très distingué, qu'il a l'air d'un vrai *Jacques le mâle;* l'hiver même il se promène le *monologue* à l'œil. Elle aime surtout celui à qui l'on doit *l'hymne* de Suez, et prétend qu'il doit être de Bordeaux puisqu'on dit *Lesseps* à la bordelaise ; elle assure qu'il va faire une expédition au *Chapon* et qu'il enverra des animaux au Jardin *Zoélogique* de Bruxelles, ville célèbre par sa statue du *Mannequin qui pisse,* la *nèfle* de l'église de Ste-*Cucule,* et surtout par le tableau de l'*Emmaculée-Conception* d'un peintre *renversois.* — Ce qu'elle adore, après avoir été au théâtre du Palais-Royal, c'est d'aller chez *Vrai four* manger un *Geoffroy de perdreaux* arrosé de vin de *C'est humiliant,* après cela elle dort comme un *noir;* mais avant de souffler sa bougie elle lit

7.

avec plaisir un volume des *Senéques* et *Moi-*
neaulogues; elle lit aussi les Mille et une Nuits,
le conte qu'elle préfère c'est *Aladin ou la Langue*
merveilleuse, enfin le dessus du *palier* de la litté-
rature.

Elle a été à la mer, et n'a supporté le chemin
de fer que dans un *insipide Karr*.

Elle aime Etretat où elle trouve que la mer
offre un joli *plateaurama*, mais elle préfère
Paris, surtout la place de la Concorde, à cause
de l'*abbé Listz de Louqsor*; elle a un salon en *chèvre*
sculpté avec une gravure du *Vaisseau le Mangeur*
et de la nymphe *Algérie*, et un tableau de Rico,
qu'elle appelle *Haricot*, représentant un grand
d'Espagne, ayant bien la *morve* espagnole. Elle
comprend que les soldats aient peur avant la bataille, c'est l'*intestinct* de la conservation; aussi
elle leur fait faire souvent des noces de *ganache*,
avec des vins qui ont un goût de *tiroir*. Elle est
franche, a horreur des *estrades à Gênes;* mais
elle est ignorante, elle croit que les mariages
morganatiques se contractent à la *morgue* et
appelle le caricaturiste André Gill *Androgyne*.

Elle est surtout très orgueilleuse; dans sa
maison elle a fait mettre des *encenseurs;* elle
n'aime qu'à parler des supplices de l'*acquisition*,
de la *foire* d'angoisse et de l'histoire naturelle;
elle adore les *mallemifères*, les *carnivores;* elle
devient positive, croit que les pipes se font en
écume de *maire* et ne fait plus de *chameaux* en
Espagne; elle se réjouit de la capture qu'a faite
l'Angleterre : *sept petits voyous !*

Après m'avoir dit qu'en Amérique, on appli-
quait la loi du *lunch* aux malfaiteurs qui assas-

sinaient pour manger, elle m'a confié que, pendant le siège de Paris, son ange *titulaire* lui avait épargné d'entendre les coups de canon qu'avait tirés le mont *Vénérien*.

La chère dame a été malade dernièrement : elle a eu mal à la gorge, elle a bu de la *colique*, c'est très bon pour *l'alouette* ; puis elle a eu mal aux dents, mais elle s'est guérie avec des *clous de girafe*. Elle a souffert beaucoup d'un *examen* à la figure et de *pédicures* dans les cheveux; devenue anémique, elle buvait de l'eau minérale, mais elle trouvait un *goût d'épée dans l'eau* et la buvait sans plaisir ; aussi s'enfermait-elle *ermitiquement* et prenait-elle pour s'endormir du sirop de *choral* après avoir avalé de l'*obélisque des carmes*.

Elle a en exécration l'hiver. Elle voudrait être dans les pays chauds pour manger de la soupe *aux petits ronds*, et de la *mort d'adèle* sans avoir à porter *l'ulcère du gommeux;* aller voir *l'hydropique* et passer sous *les coiffeurs en feux* pour se bien porter. Elle ne vivrait plus au milieu des gens de Bourse qu'elle appelle des *carnetvores !* Elle achèterait là-bas une maison avec un *paraintonnerre*, et passerait sa vie dans la musique, à faire des *asperges* sur son piano, ou des *cointuors* avec des amis, à jouer la *Nuit de vas te purger*, de Faust, la *Couverture* de Zampa, ou les cœurs de *Laurent le Grillé;* sans se soucier si Sarah Bernhardt, qui a vraiment trop de *secticisme*, vend dans les ventes de charité, un *orthographe* célèbre, ou les photographies des *oies* pontificales, ou une ligne des *lettres épatantes* de Louis XIV à la Comédie française, ou un chapitre de la vie de *Grandgouzien*, de Rabelais, *exceptéra...* ou bien encore les voyages du célèbre navigateur *Du gai grouin !*

— ·)) —

BACHE

Bache adorait se faire passer pour un ecclésiastique.

Il avait un physique de curé et était toujours enveloppé dans une grande lévite noire Un jour, il entre chez un charcutier avec une onction extrême :

— Quatre sous de galantine, mon enfant, dit Bache d'un ton mielleux à la jeune charcutière.

— Voilà, Monsieur.

— Appelez-moi mon père, mon enfant.

— Oui, mon père. Et avec cela, Monsieur ?

— Je vous dis de m'appeler mon père, mon enfant, dit Bache, avec douceur.

— Et avec cela, mon père ?

— Trois sous de saucisson, mon enfant.

— Voilà, mon père.

— Maintenant, mon enfant, dit Bache d'une voix flûtée, cinq sous de fromage de cochon.

— Voilà, mon père.

— Merci bien, mon enfant.

— Et avec cela, mon père, vous faut-il un peu de gelée ?

— Merci, dit Bache, avec une douceur infinie, ça me f... des vents.

—o—

Les nègres sont bien heureux ! La nuit ils

n'ont pas besoin de chandelle pour se regarder dans la glace.

Lu sur un prospectus d'un entrepreneur de pompes funèbres : — Location de nègres pour enterrements riches.

∿∿∿

Les dames finiront par porter des robes tellement collantes qu'elles seront obligées de se mettre dans l'eau chaude pour les ôter.

∿∿∿

Question. — Quand un ventriloque est enroué, prend-il ses gargarismes par le bas ?

∿∿∿

Les femmes qui ont de belles et fortes hanches sont *hanchantées.* ·

∿∿∿

·Salmis. — Pauvre.

∿∿∿

Le François Iᵉʳ du *Tintamarre*, c'est Rabelais.

∿∿∿

Eau-de-vie. — Eau de Pologne.

∿∿∿

Madeleine Brohan ne sait pas de quoi se plaignent les gens qui ont la jaunisse : ils ont une mine d'or.

∿∿∿

Je connais un avare qui veut bien encourager les arts, mais pas les artistes : toutes les · fois qu'un orgue de Barbarie joue dans sa cour, il ouvre sa fenêtre, applaudit, et referme sa fenêtre.

∿∿∿

Avis aux voleurs : Le fabricant de pantalons

rembourrés de paille qui servaient à n'être pas mordu par les chiens de garde, vient de se retirer des affaires.

***

Devant un tableau représentant Ophélie noyée dans le lac d'Elseneur :

PREMIER BOURGEOIS. — Qu'est-ce que ça représente, ça ?

DEUXIÈME BOURGEOIS. — Un épisode de la guerre d'Alsace.

***

Une énorme dame, aux opinions très carrées, assomme de sa conversation un géomètre ; le

géomètre l'écoute longtemps sans répondre et finit par lui dire, distrait : « Vous n'êtes qu'un *cube !* »

Pensée d'Henri Rochefort :
Il faut que *Genève* se passe.

> ᰫ

C'est le soir, là-bas... des anthropophages dînent délicieusement de trois hommes et d'un bossu ; ils disent après en se curant les dents : « Nous avons eu trois *plats* et un dessert. »

> ᰫ

Anna Judic connait un vieux sénateur qui a la rage d'apporter chez ses amis des bonbons fondants dans ses poches de derrière et de s'asseoir toujours dessus, quand il les offre il les pétrit avec ses doigts pour leur rendre leur forme primitive.

> ᰫ

Constipé. — Garde-manger.

> ᰫ

Ambition. — Fièvre *célébrale*.

> ᰫ

Ludovic Halévy raconte qu'en province un médecin ordonne à un malade, sur le point de *remercier son boucher*, une potion qui doit lui sauver la vie, — il écrit l'ordonnance et dit : « Vous mettrez ça dans un litre d'eau. » — Le malade coupe en petits morceaux l'ordonnance, met les morceaux dans le litre, avale le litre et guérit. L'ordonnance seule l'avait sauvé !

> ᰫ

Cris d'un célibataire endurci :
— Je suis à 1500 mètres au-dessus du niveau de la *belle-mère !*

> ᰫ

Je connais une belle-mère qui couche avec ses

lunettes, pour mieux voir souffrir son gendre dans ses rêves !

~~~

Triste ! Une femme enceinte ayant eu un regard de maitre d'armes, a mis au monde un enfant ganté de gants d'escrime.

~~~

Je connais une dame affreusement laide, qui a la rage de se dessiner un signe au crayon près de la bouche : ça lui fait un *groin* de beauté.

~~~

Oreiller du soir, — espoir.
Catin du matin, — chagrin.

~~~

Pour un Parisien, les cinq parties du monde sont : l'Europe, l'Asie, l'Afrique, l'Amérique et l'*Odéonie.*

— Delaunay, au Hammam, demande à un nègre d'où vient le mot *sudation*.

— *Du Sud*.

∼∼∼

Lu cette phrase dans le roman d'un émule d'Emile Zola :

— Edmée aimait à chatouiller le nombril des guitares.

∼∼∼

Quel vilain nom d'arbre que Pistachier !

∼∼∼

On parle à la manufacture de tabacs d'utiliser les manilles comme bouts de parapluies.

∼∼∼

Coquelin aîné est très goûté dans la capitale de la Belgique : C'est le *chou* de Bruxelles.

∼∼∼

Hommes politiques et croque-morts se rencontrent sur le *terrain des concessions*.

∼∼∼

A trois heures du matin à Paris il faut dire aux cochers : La *course ou la vie!*

∼∼∼

Un de mes parents qui habite Chevreuse vient d'épouser une femme cul-de-jatte. Je lui dis : Tes nuits seront bien tristes !

— Du tout, me répond mon parent, j'adore lire dans mon lit. Je mettrai ma femme sur ma table de nuit ; elle tiendra la bougie et me remplacera un bougeoir.

∼∼∼

On annonce à Venise une grève des *nochers* de fiacre.

Le haricot est le petit obus des guerres intestines.

~~~

M. de Handicap a la folie des chevaux et de sa femme aussi. Cette dernière, qui est d'une fécondité excessive, murmure tristement : « Je suis l'*enceinte du peu sage !* »

~~~

Il y a à Hongvaux un avare qui court très vite par économie : il essaie de se passer de cravate en mettant ses jambes à son cou.

~~~

Madame S... a une bonne qui, parce qu'elle adore un pompier, laisse tout brûler ; l'autre soir elle apporte un plat complètement grillé. Madame S... a crié : « Ayez *pompier* mais bon œil ! »

~~~

Le jour du mariage la mariée est en blanc, le marié est enfoncé.

~~~

Au pays des nègres les nuits doivent être joliment noires !

~~~

C'est abominable !
On parle de mettre, à l'avenir, un monocle à l'œil qui est au fond des pots de chambre.

Mariage. — Quatre savates sous un lit.

Deux vrais noms de vidangeurs, c'est Smerdis et Melchiade.

~~~

Enfin ! On va ouvrir, à la préfecture de police, un bureau spécial où l'on retrouvera les pudeurs perdues dans les fiacres.

~~~

Je viens de traverser un village (en province) où les habitants croient que la célèbre Russe *Véra Zassoulitch* est un *pot de chambre*, parce qu'ils entendent dire : *Verra ça sous lit !*

~~~

A. Pothey m'annonce que Paris attend un professeur singulier. Ce professeur enseigne quand il pleut, l'art d'éborgner avec un parapluie les personnes qui vous déplaisent, sans qu'elles aient rien à dire.

~~~

Un restaurateur, pour noces s'est retiré des affaires dernièrement ; il a vécu quelques jours dans l'inaction, et il est mort de *nocetalgie*.

~~~

On a surnommé Madame P.. , qui a toujours des vents, un *orgue de borborygmes*.

~~~

Dans une soirée, une parvenue poseuse ne veut pas dire : Voulez-vous du chocolat *Perron ?* mais du chocolat *Peristyle.* C'est plus beau.

~~~

Céline Chaumont connaît une jeune femme savante qui vient de découvrir des langues en bois,

articulées, pour cuisiniers qui se sont usé la leur à
essayer des sauces. Cette langue, légère et flexi-
ble, possède toutes les qualités requises du goûter le plus fin. On peut la prêter à des amis pour
aller dîner en ville.

~~~

Pensée du tapissier Charles Collet :
Dieu protège *la Frange !*

~~~

Quand on veut amuser le duc d'A.., on peut
dire : « Il fau*dra dérider rat !* »

EN

ANGLETERRE

EN ANGLETERRE

L'Angleterre, c'est le pays des *brumes* et des blondes.

~~~

On annonce à Douvres la naissance d'un enfant qui a deux jambes de bois, sa mère a eu peur d'un pont.

8

En Angleterre, si vous voulez faire de la poésie dans les bals, ne dansez qu'avec des danseuses colosses qui vous enlèvent et vous font pirouetter dans l'espace : vous n'avez plus l'air de *toucher à la terre* et toutes les blondes miss raffolent de vous.

∿

J'ai connu un désespéré qui, après avoir passé en revue tous les poisons, a choisi la femme et s'est tué avec.

∿

On va rouvrir à Londres les cours d'impassibilité pour les laquais de grandes maisons.

∿

Lu chez un marchand de bric-à-brac de Brigton :

A vendre, vieilles touches de pianos pour râteliers d'Anglaises.

∿

Un Américain a offert un grand constrictor à Londres : — C'est un long don à London.

∿

Les spleeniques sont des *embrumés* du cerveau.

∿

Les cabs anglais sont des *spleen*-carts.

∿

Dans les restaurants on sert des épinards qui ressemblent à de grands et durs talus, on dirait des fortifications : il n'y manque que les canons.

∿

Un savant anglais vient d'inventer une ma-chine à plisser les fronts des juges sévères.

Un riche inventeur de Margate a découvert un coton spécial qu'on se fourre dans les oreilles d'une façon invisible, et qui vous rend complè-tement sourd. Ce coton sert à *écouter* parler les imbéciles, sans souffrir.

Dans un dîner de Christmas, un baby mange comme 28 ; il est tellement bourré qu'il ne peut plus remuer. On lui montre le plumb-pudding : « Je ne peux plus, » dit-il en pleurant.
— Soudain il trouve la force de se lever et s'écrie : « Si j'essayais debout ! »

Vous ne saviez pas que les Anglaises se ser-vent de brosses à table pour se laver les dents ?

A Londres les boîtes aux lettres et les soldats sont rouges. Dernièrement, dans Piccadily, j'ai mis, par mégarde, une lettre à la poste dans la bouche d'un soldat anglais qui s'était arrêté pour bâiller.

Le comble de la stupidité :

C'est de prendre Willington pour une *huile* anglaise.

Le comble de l'ignorance :

Quand on dit : La *dynamite fait sauter*, croire que c'est une riche Anglaise qui donne un bal.

BAIGNOIRES ILLUSTRÉES

Un étameur de Herne-bay vient d'inventer des baignoires illustrées.

Ces baignoires sont couvertes de peintures représentant plages, falaises, flots, canots de sauvetage, baigneurs, crabes. On n'aura qu'à mettre un caleçon avant de se mettre dans l'eau chaude et pendant toute la durée du bain on se croira aux bains de mer.

On pourra même, dans les baignoires illustrées, se mettre un monocle à l'œil, et l'on ressemblera aux gentlemen des plages high-life.

Ces baignoires tuent Brighton.

— ɔ·ɔ —

Plus de grands pieds

On sait à quel point les Anglais ont de grands pieds. Un cordonnier de Sydenham vient de trouver une chaussure extraordinaire. Elle donne l'exiguité et l'élégance à tous les propriétaires de pieds à dormir debout.

C'est une bottine dont le bout représente de l'herbe très bien peinte, — un morceau de trottoir ou de plancher, — de route ou de mer agitée. C'est très bien fait et ça dissimule admirablement la longueur du pied. On transporte ce petit bout de décor avec soi, — mais on a un pied adorable, — d'une petitesse toute féminine.

MACHINE A HISSER LES PARDESSUS

On sait à quel point il est désagréable, l'hiver, de mettre son pardessus. Si l'on est gros les bras sont une heure à entrer dans les manches ; si l'on est maigre on s'accroche aux poches, coutures, etc.; un grand philanthrope de Southampton vient d'inventer une machine à hisser les pardessus, qui se suspend au plafond des antichambres.

On met son pardessus sur la machine, et ça vous le hisse sur le dos en un clin d'œil.

Avec cette machine, vous ne suez plus et vous n'ennuyez plus les domestiques.

CORDONS DE SURETÉ

Pour les domestiques qui flanquent tout par terre, — et surtout au dessert les belles tartes aux cerises, — un vieillard de Douvres vient de trouver un cordon de sûreté que l'on attache à la tarte ou à la brioche. (Il y en a pour viandes.) Ce cordon est fixé au plat, ou à l'assiette, au moyen d'un système *ad hoc* ; et lorsque les domestiques jettent les mets par terre, par maladresse ou par vengeance, ils restent suspendus (les mets), grâce au cordon de sûreté.

Pour les légumes, c'est très simple, le cordon est divisé au bout de telle façon, que des fils

tiennent chaque haricot ou chaque feuille de
salade ; impossible de rien renverser. On met
auprès de chaque invité une paire de ciseaux
qui coupe les fils, — et l'on peut s'en servir sans
ennui.

—◦–◦—

VENTS DU NORD

A Touchatout.

Une Anglaise de York — à tire-bouchons et
un peu flétrie par l'âge — vient d'être victime
d'une erreur funeste. Elle venait de se mettre au
lit, après avoir dit ses prières accoutumées, et
s'était endormie, chastement seule, en songeant
au bien-aimé (un horse-guard atteint d'un commencement de paralysie), lorsqu'après une heure
à peine de sommeil plein jusqu'aux bords de
rêves amoureux, elle fut réveillée soudain par
des bruits terribles semblables à ceux du ton-

nerre dans une forêt. La vieille Anglaise se posa
brusquement sur son maigre séant et, glacée
d'horreur, essaya d'appeler. Impossible! les
tire-bouchons de son ancienne chevelure étaient
droits sur sa tête, ses vieux yeux sortaient de
leurs anciennes orbites, elle eut simplement la
force de sonner. Une bonne accourut : « Des voleurs ! des voleurs ! s'écria la vieille tire-bou-
chonnière en anglais, à moi ! à moi ! Mary ! ils
veulent m'assassiner ! »

La bonne chercha partout, sous le lit, derrière
les tableaux, dans les rideaux, dans le pot de
chambre (il est de petits voleurs), partout, elle
ne trouva rien ! Et les terribles bruits de ton-
nerre continuaient. Mary se sauva effrayée, elle
s'en fut chercher plusieurs policemen. — Ils vi-
sitèrent la chambre avec des casse-tête, et ne
tardèrent pas à s'enfuir épouvantés par le va-
carme.

Qu'était-ce donc ?! ! ! On ne le sut que quelques
heures plus tard, quand la vieille Anglaise fut
devenue complètement folle de peur..... —
C'étaient des borborygmes, (vulgus : vents pro-
chains) épouvantables qui ravageaient le ventre
de la dame. Ils étaient causés par une platée de
gros haricots écossais qu'elle avait mangés,
avec précipitation, avant de se coucher. La
vieille Anglaise est incurablement folle à l'heure
qu'il est. Ses haricots lui sont remontés dans la
tête. Le directeur de la maison de santé où elle est
entrée vient d'envoyer à la Faculté de médecine
de Londres un mémoire qui fera beaucoup de
bruit, et qui s'appelle : « la *Folie des haricots*. »

—─◦○◦─—

Mouchoirs d'héritiers

Pour les gens qui viennent d'hériter d'un oncle
et qui ne peuvent pas pleurer à l'enterrement
parce qu'ils sont trop gais, un linger de Riche-
mond vient d'inventer des mouchoirs spéciaux
qui s'appellent mouchoirs d'héritiers.

Ce sont des mouchoirs mouillés d'avance, on
les presse sur ses yeux secs, et d'abondantes
fausses larmes inondent le visage, c'est de l'eau
de fontaine, c'est agréable, ça débarbouille.

Derrière le mouchoir mouillé on fait de tristes
grimaces en hoquetant et en se mouchant, et l'on
a l'air d'avoir un immense chagrin. Ça attendrit
tout le monde et vous ne ressemblez pas à un
homme qui ne dort plus tant il est impatient de
rigoler avec l'argent du mort.

COMBLES

COMBLES

Le comble de l'ivresse :
Être tellement soûl qu'on parle polonais.

Le comble de la rapidité :
En wagon se moucher dans le drapeau rouge du cantonnier qui est sur la voie, quand le train est lancé à toute vapeur.

Le comble de la jalousie :
Crever l'œil du pot de chambre de sa maitresse.

Le comble de la naïveté :
Aller chez un pharmacien demander une *solution* de continuité.

Le comble des transes :
Les *transatlantiques*.

Le comble de la méchanceté :
Taper des poires.

∽∽∿

Le comble de la curiosité :
Mettre une girouette à son fond de culotte pour
savoir d'où vient le vent.

∽∽∿

Le comble de la persévérance :
Manger des citrons jusqu'à ce qu'ils vous net-
toient les ongles des pieds.

∽∽∿

Le comble de la difficulté pour un mouchard :
Filer un son.

∽∽∿

Le comble de la distraction :
Se jeter par la fenêtre à la place du bout de
cigare que l'on vient de fumer.

∽∽∿

Le comble de la chevalerie française :
Envoyer des témoins au temps, parce qu'il
s'est couvert devant une dame.

∽∽∿

Le comble de l'amour de l'art, pour un cui-
sinier :
Se faire sauter la cervelle.

∽∽∿

Le comble de la saleté :
C'est de manger des choses ignobles, pour le
seul plaisir d'empoisonner les cabinets de ses
amis en puant infiniment.

Le comble du pessimisme politique :

Croire que la Commune règne en France, parce qu'on voit agiter des drapeaux rouges sur les lignes de chemins de fer.

~~~

Le comble de la tristesse :

C'est d'être cantonnier, d'avoir une rétention d'urine, et de tenir continuellement à la main un tuyau d'arrosage, d'où l'eau sort avec abondance et facilité.

FACÉTIES D'HIVER

FACÉTIES D'HIVER

A Émile et à Jules Collet.

Etant donnés les chauffoirs publics pour l'hiver, j'espère qu'on installera des *baignoirs* publics pour l'été.

~~~

Vous avez remarqué les ondulations qu'il y a sur les boulevards et qui sont occasionnées par la neige durcie ? Quand on est en voiture on croit être en bateau, tant on danse ; le mal qui finit par vous faire vomir à la portière s'appelle *le mal de fiacre*.

~~~

Une mère qui fait l'éducation mondaine de ses filles et qui rêve pour elles une froide réserve, leur répète dans tous les salons : « En *glace*, mesdemoiselles !

~~~

Un jeu amusant l'hiver : S'amuser à celui qu se fichera le plus par terre, dans les rues.

~~~

S'il est une chose insupportable, l'hiver, c'est d'entrer dans un salon avec l'onglée au nez. Un monsieur très riche vient de faire installer, dans son antichambre, un clavier de moules à nez dans lesquels il y a de l'eau chaude. Chaque personne, en arrivant, trempe son nez dans un moule à nez de sa taille (il y en a de toutes les grandeurs, même pour enfants), et entre dans le salon le nez chaud et blanc. On n'a plus l'air, comme ça, d'avoir une betterave glacée au milieu du visage.

~~~

Remèdes contre le froid : Fréquenter des personnes qui vous font suer ou bouillir d'impatience.

~~~

Quand il fait vilain le dimanche et que la foule se presse dans les théâtres, aux matinées, les directeurs peuvent chanter : « Amis, la matinée est belle ! »

~~~

L'autre jour j'ai frissonné en wagon ; car, au renouvellement des bouillottes à une station, l'employé a crié : « Haut les pieds, pour des bouillottes *fraîches !* »

~~~

Un cordonnier vient d'inventer des bottines écluses, pour dégels.

~~~

Sarah Bernhardt, pour se promener dans son jardin, couvert de neige, a trouvé un bon moyen de se frayer une route : elle fait monter son domestique sur un vélocipède, et elle se promène derrière, très à l'aise, dans le sillage du vélocipède.

~~~

Un riche Esquimau qui vient passer l'hiver Paris, comme on va à Alger ou à Nice, s'est présenté l'autre matin (25 degrés) aux bains Deligny et a fait une vie d'enfer parce que les bains froids étaient fermés.

~~~

Le froid m'a tellement enrhumé du cerveau qu'il a mis mon nez en état de *cierge!*

~~~

On n'aura plus froid aux mains dans les rues l'hiver ; un marchand de cannes vient d'inventer des cannes à pommes creuses, que l'on emplit d'eau chaude avant de sortir ; dehors on change souvent sa canne de main, et l'on se rit du froid aux mains.

~~~

Triste, tant de neige! A la porte des théâtres on ne crie plus « la Valence! » mais « l'*avalanche!* »

~~~

Bon moyen de se venger l'hiver : — Avoir l'air de se réchauffer dans les rues en s'envoyant dinguer les mains contre le dos de toutes ses forces, et donner (par mégarde), de bonnes gifles aux gens qui vous déplaisent.

On vient d'inventer des gants et des masques très chauds pour les bibliomanes enragés qui bouquinent sur les quais par les grands froids.

~~~

Réflexion du Dr Cazalis :
L'hiver se conduit comme un vrai gamin, il nous fait des pieds de neige.

~~~

Question de bébé : « C'est quand il neige la nuit, qu'on appelle ça une nuit blanche? »

~~~

Pour marcher vite par cet exécrable temps de neige et de gelée, un cordonnier de Picpus vient d'inventer des souliers-traineaux; ce sont des souliers ornés de deux longues tiges de fer recourbées, qui sont assujetties de chaque côté des semelles ; vous vous lancez là-dessus et vous filez comme l'éclair, à la grande confusion des fiacres ankilosés !

~~~

Comédiens : — Vous croyez avoir un grand succès par cet immense froid, parce que le public vous applaudit beaucoup ; — naïfs, c'est pour se réchauffer.

~~~

Bon moyen pour donner chaud aux levrettes : Un bocal plein d'eau chaude ayant la forme d'une levrette ; on met dans ce bocal la bête héraldique, on la voit au travers et elle a chaud , les pattes sortent du bocal pour courir.

~~~

Je connais un monsieur qui, par ce froid, rentre chez lui pour dîner avec le nez si humide, qu'il se sert de son nez comme carafe, pour faire son eau rougie.

~~~

On n'aura plus froid dans les rues de Paris cet hiver ; la préfecture de police vient de faire afficher une ordonnance par laquelle toutes les voitures sont autorisées à *brûler* le pavé.

~~~

Recette contre le verglas : Vous connaissez les *prussiens ?* ces petits bonshommes en sureau qu'en vend sous les portes cochères, et qu'on ne peut renverser parce qu'ils ont du plomb au pied ? A l'avenir, quand il y aura du verglas, on se mettra du plomb dans les souliers ; de cette façon on ne tombera jamais.

~~~

Hygiène pour l'hiver : — Flanquer une solide râclée à sa belle-mère, et quand on est bien en sueur, se faire essuyer par elle au coin d'un bon feu.

~~~

L'hiver les branches de lunettes sont très froides sur le nez et donnent des rhumes de cerveau ; à l'avenir on va les emmitoufler dans un drap vert, ce sera chaud.

~~~

Contre le froid : — Rester toute la journée dans les rues qu'on macadamise, le macadam chaud qu'on écrase par terre dégage une délicieuse chaleur qui caresse la figure : on se croit à Nice.

~~~

9.

Réflexion de J. Verteuil :
Par le froid on peut mettre uń habit sur son lit, ça ne vaut pas l'eau chaude aux pieds : l'*habit ne fait pas le moine*.

~~~

Le froid a été tellement intense à Montmartre, qu'un monsieur, très bien mis, en train d'expulser le superflu de la boisson contre le moulin de la Galette, est resté soudain fixé au moulin. C'était comme une chaîne d'or en glace.

JOYEUSETÉS

FANTASQUES

JOYEUSETÉS FANTASQUES

LE CHIEN DE GEORGES

A Philippe Gille.

La fête à Saint-Cloud, 10 heures du soir. — Mon ami Georges S... monte dans le tramway, un chien sous le bras ; ce chien est petit, il espère le dissimuler sous son aisselle. Georges s'en va avec son toutou au fond du véhicule, et s'installe simplement comme s'il était seul.

Une vieille dame maigre aperçoit le chien, et s'écrie aigrement : « On ne monte pas avec des chiens ! » Georges fait des clignements d'yeux et des grimaces de commisération à la vieille ; vaines grimaces. — « En bas le chien ! » — Tout le tramway, grosses dames avec gros paquets, bourgeois à lunettes avec parapluies, petits vieillards, morveux, crient : « En bas le chien ! » Georges riposte : « Jamais il ne me quittera ! »

— « Vous ne pouvez pas, on n'a pas le droit, » crie tout le monde, excepté une gamine qui trouve que le toutou n'a pas l'air méchant.

Le conducteur arrive : « Faut descendre le chien, monsieur. » — « Je garde mon chien ! » — « En bas le chien ! » hurle le tramway. — Georges embrasse son chien sur les oreilles et dit qu'on ne le lui arrachera qu'avec la vie !

Le conducteur ayant essayé inutilement de faire descendre le chien, va chercher le contrôleur.

Le contrôleur arrive, essaie à son tour, parlemente ; vains efforts. Georges dit : « Mon cher Azor restera avec moi ! » Le contrôleur furieux va chercher l'inspecteur.

L'inspecteur monte au milieu des malédictions et du commencement des cris de mort contre le chien du tramway, affolé ; il essaie de faire descendre le toutou ; Georges ne répond qu'en embrassant tendrement son Zozor et en disant : « Zut » à l'inspecteur.

L'inspecteur sort en écumant et va chercher le gendarme, qui monte dans le tramway comme à l'assaut, suivi du conducteur, du contrôleur et de l'inspecteur, exaspérés.

Le gendarme met la main sur son sabre et dit : « Que c'est pas tout ça, qu'il faut descendre subséquemment et plus vite que ça avec le roquet de bon Dieu ! »

Georges les regarde tous et, au milieu du silence tragique du tramway, s'écrie d'une voix forte : « Ah çà ! tas d'imbéciles, vous ne voyez donc pas que j'ai gagné ce chien-là à la foire de Saint-Cloud et qu'il est en faïence !!! »

— >-◦—

Elle est forte !

Dernièrement, au Jardin des Plantes, une énorme grosse dame, distraite, s'est assise sur le porc-épic et l'a emporté à son derrière sans s'apercevoir de rien.

Ce n'est qu'arrivée chez elle (on voit tant de choses curieuses à Paris qu'on n'y a pas fait attention dans les rues !) que l'énorme grosse dame distraite s'est aperçue de son vol piquant et involontaire.

Elle a renvoyé, par un commissionnaire, le porc-épic avec une lettre d'excuses au Jardin des Plantes.

— ○-○ —

LA VIE ÉLÉGANTE

Dans une riche villa, la dame du lieu est aux water-closets (ils sont superbes). Un jeune homme très élégant, amoureux de cette dame, mais indécis, accourt avec la rapidité et le manque de précaution d'un *besoigneux*. Il ouvre avec fracas la porte dont le verrou n'est malheureusement pas tiré et voit la dame qui, à sa vue, pousse un cri guttural et un autre en même temps, d'une nature opposée.

Alors, au lieu de fermer l'huis sur cette belle personne occupée, le jeune homme interdit garde la porte du temple de l'aisance toute grande ouverte et dit avec âme, malgré son envie : « Oh ! madame, pardonnez-moi, je ne savais pas que

vous y étiez ! Jamais je ne me serais permis
d'ouvrir la porte si j'avais su rencontrer une
personne aussi aimable ! Vos beaux yeux peuvent
me foudroyer, je ne saurais vous cacher que
vous faites un grand bruit dans le monde, et
que vos vertus répandent un parfum dont s'eni-
vrent tous ceux qui vous respirent ! Je vous
aime ! Vous êtes la beauté, l'ange que je verrai
toujours sur un trône de lumière et d'harmonie ! »

Puis il ferma la porte.

VIVIER

Vivier avait pour voisin un violoniste assommant qui jouait du
violon toutes les nuits : Vivier ne
pouvait fermer l'œil.

Le célèbre corniste souffrit trois
semaines, en attendant l'heure de
la vengeance. Elle sonna !

Un soir que le concierge dormait il fit monter
dans son appartement un veau (un vrai). Dès que
le violoniste eut fini de jouer, Vivier piqua l'a-
nimal (le veau) avec une longue épingle et le fit
mugir horriblement. Il fit mugir son veau toute
la nuit. Tous les locataires se plaignirent. Vivier
fut appelé devant le propriétaire et sommé de
s'expliquer : « Mon voisin joue du violon, et on
ne dit rien, s'écria le grand mystificateur ; moi
je joue du *veau*, on n'a pas le droit de pro-
tester. »

Le propriétaire comprit ; le violoniste fut
chassé, le veau mangé et Vivier vengé.

SAGE RÉFORME

A l'avenir on mettra en bouteille des respirations de personnes ; ces bouteilles seront envoyées dans les postes des noyés et asphyxiés, et quand un noyé se présentera, on lui fera avaler des bouteilles de respirations jusqu'à ce qu'il respire. On ne fatiguera plus ainsi, à souffler dans la bouche de presque claqués les pauvres médecins qui ont besoin de leur haleine pour leur famille.

— >·)—

BOUTEILLE D'AVARES

Coppée va quelquefois dîner chez des avares où il n'y a qu'une seule bouteille de vin sur la table pour tout le monde ; seulement, cette bouteille est très longue, très longue, le vin qu'elle contient est mauvais, et c'est l'avare de la maison qui verse de sa place dans le verre de ses invités avec sa grande bouteille.

Il peut aller avec aux deux extrémités de la table et mettre très peu de mauvais vin dans chaque verre, c'est très économique et très commode pour les avares.

— ·>—

SEMELLES-ÉCHASSES

Les Français vont encore grandir. Un inventeur a découvert des semelles-échasses d'une hauteur exceptionnelle, qui garantissent bottines et pantalons de la boue quand il fait sale dans les rues. Ces semelles sont à crochets ; elles s'adaptent à la chaussure avant de sortir et se défont quand on entre quelque part. Elles sont en métal anglais, et pas lourdes. Avec ces semelles-échasses, qui vous grandissent de 75 centimètres, aucune mouche de boue ne peut vous atteindre. Ça supprime les fiacres, et ça donne aux hommes et aux femmes de belle taille, l'occasion de voir ce qui se passe dans les entre-sol des maisons.

UN GOUPILLONNEUR

A la porte de la cathédrale de Boulogne-sur-Mer, l'été dernier, il y avait un donneur d'eau bénite qui adorait dormir toute la journée; tenir le goupillon pendant ce temps-là n'était pas facile, il aurait roulé sur les dalles à chaque seconde. Le goupillonneur trouva le moyen de dormir en faisant son pieux service : il mit le goupillon dans sa poche, se fourra la tête dans un bénitier plein d'eau bénite et vint se rasseoir à sa place où il s'endormit ; chaque fidèle, entrant ou sortant, touchait du bout des doigts les cheveux hérissés et mouillés du goupillonneur, et   .

se signait. On l'appelle maintenant le *dormeur* d'eau bénite !

—·) >—·

SCÈNE MOYEN-AGE

La semaine dernière, dans la forêt de Fontainebleau, j'ai été témoin d'une scène moyen-âge qui m'a fait une grande impression. J'en frissonne encore. Je suivais la vallée de la Sole, en songeant à Sarah Bernhardt, lorsqu'une voix

étrange cria faiblement : « Pirouette ! » Je me
retournai. Que vis-je derrière un arbre ? Une
biche d'un certain âge. Elle parlait !! Je pâlis
en entendant ce charmant animal ; une sueur
froide glissa le long de mes reins ; mais j'allai à
la biche, simplement, comme si j'avais été sur le
boulevard.

— Pirouette, me dit-elle, je sais que vous écri-
vez dans le *Tintamarre*.

— Oui, murmurai-je, en flageolant :

— Je sais que M. Touchatout aime les animaux
et qu'il a beaucoup d'amitié pour vous ?

— C'est vrai, madame.

— Eh bien, faites-moi le plaisir de lui dire
que toutes les biches en ont plein le dos de savoir qu'après leur mort leurs pattes vont servir
de poignées aux cordons de sonnettes !!

Et elle disparut, légère, dans la forêt, en
me laissant sous le poids d'une émotion épouvantable.

———◦◦———

BRAVO !

La Compagnie des Omnibus va louer tous les
hommes d'esprit pauvres et désœuvrés qui sont
à Paris, pour raconter des histoires gaies aux
voyageurs dans les omnibus. Ce sera certaine-
ment plus agréable d'entendre ces messieurs que
de passer son temps à respirer les mauvaises
odeurs qui vous assiègent dans ces véhicules.
Quand on n'aura rien à faire de son après-midi,
on ira en omnibus pour écouter les hommes d'es-

prit. Les bravos seront permis ; le conducteur sera chef de claque. On pourra applaudir des pieds et des mains, ce qui donnera l'occasion de flanquer, par inadvertance, des gifles et des coups de pieds aux voisins qui vous déplaisent. Plus tard, avec le progrès, la Compagnie louera probablement quelques artistes connus et inoccupés, qui réciteront des monologues. Alors on ne s'embêtera plus dans les omnibus !

Excellente nouvelle

On va désormais enduire les navires de cold-cream, pour faciliter leur entrée dans les ports de mer dont l'accès est difficile.

Les capitaines ne s'en plaindront pas.

AUX HOMMES GALANTS

Pour les hommes galants qui aiment à faire le genou ou le pied, sous la table, aux dames, dans un dîner, Paul Arène a trouvé un moyen de ne pas se fatiguer.

C'est d'avoir un autre genou dans sa poche, de le sortir dès qu'on est à table et de l'adapter à son genou véritable. Au moyen d'un petit cordon invisible attaché au petit doigt (de la main), on fait manœuvrer le faux genou, et on ne fatigue ni son pantalon, ni son vrai genou. Pour le pied, c'est la même chose : vous avez un troisième pied dans votre poche, vous le placez à côté de l'un des vôtres, et, à l'aide d'un autre cordon invisible passé aussi au petit doigt, vous le faites marcher sur le pied de la voisine.

Par ce système vous pouvez faire alternativement le pied et le genou, et être galant sans fatigue.

Chapelou connaît une famille d'avares au Portel qui mange toujours pour son mardi gras un plat de fonds de chapeaux graisseux, avec de la vieille farine dessus comme sucre, en guise de crêpes.

Une vieille dame qui a l'odorat très sensible prend un lavement à la mauve et le restitue presque instantanément ; elle revient des cabinets et dit à sa bonne : « Marie, votre lavement sentait la fumée. »

Horrible ! ma belle-mère a encore les yeux méchants quand elle dort !

Degas prétend que quand on dit une inconvenance à une jeune négresse, elle noircit.

Un affreux malheur est arrivé devant le 19 du boulevard Haussmann : Un grand monsieur blond chaussé de caoutchoucs, ne s'entendant pas marcher et croyant qu'il avait disparu de la circulation, est devenu subitement fou.

 Le fils de Vavasseur s'est écrié hier, en voyant un chien boule-terrier, couleur café au lait tirant sur le blanc : « Tiens, on a mis trop de lait dedans ! »

Au prochain bal de l'Opéra, Veuillot ira costumé en fée des Gruyères.

J'ai fait l'été dernier la conquête de ma blanchisseuse. Tous mes pantalons blancs me revenaient de chez elle avec : « *Je t'aime!* » écrit de haut en bas, en énormes lettres, à la braise !

~~~

Réflexion de bébé : « Quand une girafe a mangé, elle doit mettre au moins un an à aller au cabinet ! »

~~~

Bien des marins sont pourris *de chiques !*

~~~

Lu sur le carnet d'Alphonse Lemerre :
Amour de cocotte : Un feu de paille dans un peu de faille.

~~~

Quelle différence y a-t-il entre un postérieur quelconque, la gorge de Mlle Skatinka et le Mont-de Piété?

— C'est que le postérieur est un instrument *à vent.*

— La gorge de Mlle Skatinka, un instrument *pendant.*

— Et le Mont-de-Piété, un instrument *à prêt.*

~~~

Avis. — Au Jardin d'Acclimatation, on demande des hommes de haute taille pour moucher les girafes.

~~~

Une dame de Capécure, près Boulogne, a *des estomacs* si considérables, qu'ils ressemblent à deux ballons Nadar.
La nuit, pour ne pas mourir étouffée, elle est

obligée de les attacher au plafond avec des ficelles solides.

~~~

Le peintre Jean Béraud m'affirme qu'on a trouvé une machine à nettoyer les voyageurs couverts de la poussière noire des chemins de fer. La saleté qu'on enlève avec cette machine sert aux peintres, sous le nom de *noir de voyageurs*, pour les tableaux qui représentent des scènes des autres pays.

~~~

Lu sur l'album de Philippe Gille :
Travail. — Limage de la vie.

~~~

Quelle triste position que celle de dames de comptoir de cabinets à 0.15 centimes. Toute la sainte journée, aligner des piles de sept sous pour rendre sur 50 centimes !

~~~

Derrière. — Courbevoie.

~~~

G. Charpentier a entendu un accoucheur qui adore le théâtre classique, se mettre à déclamer auprès d'une cliente dont la delivrance était difficultueuse :

« Holà! quelqu'un! viendra-t-on quand j'appelle? »

~~~

Je ne sais pas comment était habillé Abélard, mais il est certain qu'il se plaignait de son coupeur.

~~~

10

Un malheur est arrivé dernièrement à Echinghen.

Un myope jouait au billard dans une maison particulière : une dame en robe verte, avec des yeux énormes, ronds comme des billes de billard, est venue s'installer près du joueur.

Le myope a pris la dame pour le billard et a voulu caramboler avec les yeux de la dame verte ; elle est borgne à l'heure qu'il est.

~~~

Maintenant que l'on a trouvé le *réveille-matin*, il s'agit de trouver *l'endort-soir*.

~~~

Alphonse Daudet prétend que les gens qui fument tous nos cigares et toutes nos pipes sont des *bourreaux* de tabac.

~~~

J'achète un magnifique parapluie, dix minutes après on me le vole ; je me suis consolé en l'appelant *pépin le bref*.

~~~

Le docteur C... vient d'inventer des lunettes

qu'on ne met qu'à table et qui grossissent tous les aliments.

~~~

Un inventeur d'Hesdigneul vient de faire deux découvertes : Des peignes sans dents pour chauves, et des lunettes pour chiens de chasse myopes.

~~~

On parle d'installer des grues le long des es-

caliers des impériales d'omnibus, pour hisser les gros voyageurs à bedaines.

~~~

Alphonse. — Homme *arrivé*.

Quel malheur ! Guibollard arrive à Liége et demande au premier Liégeois de lui montrer la statue d'*Almanach* !

Les nègres sont bien heureux, quand ils sont en deuil ils n'ont qu'à se mettre tout nus !

Le docteur Blanche est un entrepreneur de déménagements.

F. Champsaur est bien content !
On va faire baisser les trottoirs parce que les ulsters sont trop longs.

Un gendre m'a raconté en tremblant cette horrible chose : « L'autre soir, je me suis grisé et j'ai vu ma belle-mère double ! »

Lu dans un escalier de la rue Pirouette :
Bureau de nourrices, *laitage* au-dessus.

Un faux philanthrope très chauve à lunettes d'or, cravaté de blanc, n'a encore rien dit dans un salon où tout le monde veut boire ses paroles ; soudain il s'écrie d'un air grave : « Vaccinez le gruyère, il ne sera plus troué ! » Puis il se tait.

Vous savez que les nourrices négresses n'ont pas de lait, elles ont du café.

On enterre un pauvre bohême, un discours magnifique est prononcé sur sa tombe. En sortant du cimetière quelqu'un dit à Eugène Bertrand : « J'ai entendu un beau *pannégyrique !* »

Ces culs-de-jatte sont bien heureux, quand il pleut, ils ne se mouillent pas les pieds !

~~~

Haricots. — Orphéonistes.

~~~

Cors aux pieds. — Bas-reliefs.

~~~

Charles Monselet est revenu de Caen, avec la passion des tripes ; pour en confectionner beaucoup, il a ramené avec lui deux aides *de Caen*.

10.

Raoul Ponchon a entendu dans la vallée du Denacre le roseau dire au chêne : « Va te faire *poutre !* »

~~~

Perruque. — Poêle mobile.

~~~

Le saint qui devrait être patron des malades, c'est *Oculi.*

~~~

Lu sur l'album de Croizette :
Sophistes. — Gens qui font leur Sophie.

~~~

On vient d'inventer un troisième bras très mince à ressorts, pour les hommes illustres qui ont beaucoup à saluer dans les rues, et qui fatiguent leur véritable bras à force d'ôter leur chapeau.

Bosse. — Jet dos.

~~~

Les marchands de dragées pour baptêmes sont bien contents ; ils viennent de trouver de nouvelles dragées pour jeter aux gamins à la sortie des églises. Ce sont de petits galets blancs qu'ils font venir d'Étretat, on les sucre un peu, et les gamins se lèchent la pomme jusqu'aux oreilles.

~~~

Il est question de collectionner toutes les sueurs de cet été, de les faire bien refroidir l'hiver prochain et de s'en servir l'autre été pour avoir moins chaud.

~~~

Un mari — le *sot* du lit.

~~~

On construit en ce moment à Tingry, une fabrique de vieux ascenseurs pour belles-mères garantis cinq minutes. On pourra en poser dans les petits hôtels.

Dialogue :
JEAN COQUELIN. — Après leur mort que deviennent les chaudronniers ?
VASA. — Je ne sais pas.
JEAN COQUELIN. — *Des froidronniers.*

Filles de joie. — Peaux de nuit.

G. Lorin disait d'une dame peintre qui faisait à l'aquarelle le portrait de beaucoup d'Alphonses : c'est une *maquarelliste.*

Savez-vous ce que les nègres se disent quand ils éternuent ?
— Dieu vous ébénisse !

P. Ferrier connaît une jeune fille, qui meurt d'envie de se marier, qui commence toujours sa prière du soir par ces mots : « Je vous salue, *Mairie,* pleine de grâce, etc. »

Le docteur P. Materne ordonne deux bains à Guibollard. Il va dans un établissement, se fait servir deux bains, se déshabille, passe une demi-heure dans le premier bain, s'essuie, s'habille, se redéshabille, passe une demi-heure dans le second bain, et s'en va.

∼∼∼

Il vient d'arriver, à Ambleteuse, un professeur de faux airs malades pour collégiens paresseux.

∼∼∼

C'est l'œil qui est au fond des pots de chambre qui en voit de dures !

∼∼∼

A la Morgue, la consigne est de *gonfler*.

∼∼∼

Ph. Burty trouve qu'on devrait écrire sur les frontons des confessionnaux : *pécheur parle bas*.

∼∼∼

Après avoir monté à cheval pour la première fois, on peut se dire le mot de Louis XIV : « Il n'y a plus de Périnée ! »

∼∼∼

Un gamin passe orgueilleusement près d'André Gill la pipe au bec :
— Mon ami, dit le grand caricaturiste, vous avez l'air de fumer au pied d'un mur.

∼∼∼

Ventre : — Outre d'Éole.

∼∼∼

Accoucheurs. — Travailleurs de la *mère*.

∼∼∼

Péter. — Délassement comique.

∼∼∼

AVIS

On demande de vieux passants rabougris, pour *figurer* dans les rues désertes des villes de province.

~~~

Pensée d'Ernest Duez :

Le chameau est très heureux d'être sobre ;

parce que s'il se flanquait une bosse, ça lui en ferait deux et il aurait l'air de faire une vie de polichinelle.

Entendu au théâtre :

— Quelle est donc la vieille qui accompagne cette belle cocotte ?

— C'est l'aiguilleuse.

~~~

Excellente innovation : La serviette-journal pour lorsqu'on s'ennuie à table. On lit sa serviette et le temps passe.

~~~

G. Costallat m'annonce des courses bien inté-ressantes : à l'Hippodrome des courses d'ou-vreuses.

~~~

Quelle souffrance de voir dans un salon une jolie femme prendre un journal, le froisser, et se sauver quelque part avec !

LA VIE ÉLÉGANTE

Oh ! cette vie élégante ! C'est sur la plage de Dieppe.

Le jeune vicomte de Z..., secrétaire d'ambassade, est un peu farceur, quoique très distingué. Il se baigne avec la jolie baronne de R..... Ils plongent tous les deux, font la planche, la jolie baronne surtout. Le vicomte tire des coupes extraordinaires, la baronne trouve qu'il nage comme un vrai poisson. Une foule énorme est sur le sable à regarder les ébats de cette Amphitrite et de ce triton modernes.

Tout à coup le triton s'éloigne, comme obéissant à une idée subite ; arrivé à une belle distance, il reste quelque temps à la même place, la tête et les bras hors de l'eau. Que fait-il ? La baronne se le demande. Mystère. Il revient en rajustant son costume et dit à Mme de R... :

— Eh bien, baronne, croyez-vous que je sois intrépide ? Voulez-vous parier que vous n'allez pas aussi loin que moi ?

— J'accepte le pari, dit la baronne, mais comment verrai-je exactement l'endroit où vous vous êtes arrêté ?

— C'est simple, dit de Z..., vous apercevez ce gros morceau de bois qui flotte là-bas ? C'est à peu près là, allez-y et rapportez le bâton.

La baronne se dirige à la nage vers le morceau de bois indiqué, le vicomte l'accompagne en souriant.

Quelques instants après le but était atteint ; la baronne tenait le bâton... Seulement il s'était écrasé dans sa main. Le vicomte avait fait... une farce de fumiste.

Impression de mer

C'est sur le paquebot qui fait la traversée de
Boulogne à Londres. Il vente ferme ; la mer
sert d'ipéca à tout le monde ; les cuvettes circu-
lent ; les passagers *comptent leurs chemises*
comme de pauvres blanchisseuses. Soudain, un
coup de tangage épouvantable fait tellement
chahuter le paquebot que la porte des cabinets
d'aisances s'ouvre avec fracas et un voyageur
(qui se soulageait des deux côtés), est lancé sur
le pont. Chacun croit voir une grosse figure
au milieu de laquelle est planté un énorme
cigare !

QUEUES DE CHIENS

On sait à quel point les queues de chiens de
chasse sont dures ; on dirait des nerfs de bœufs.
On va désormais s'en servir, comme baguettes,

pour battre les habits. On posera par terre les habits poussiéreux, on appellera quelques chiens de chasse ; ils s'assoiront sur les habits, on flattera les chiens, et ils feront aller leur queue sur les habits, qui seront par ce moyen bien vite battus.

Ça fatiguera moins les domestiques.

——o-o——

PROGRÈS

Les Parisiens se prennent d'un tel amour pour les nouveaux grands omnibus à trois chevaux que ces véhicules deviennent insuffisants ; à l'avenir on va être obligé de mettre du monde sur les chevaux ; il y aura donc trois genres de places : l'intérieur, l'impériale et l'*à cheval*. L'*à cheval* ne coûtera qu'un sou à cause des ruades ; c'est effrayant ce que les chevaux seront courus !

De plus, la Compagnie, toujours disposée à faire des améliorations, va louer pour l'hiver des marchands de marrons qui se tiendront avec leurs fourneaux à la porte de chaque omnibus. Excellent pour se réchauffer les mains et pour déjeuner quand on sera pressé. Bravo, Compagnie des omnibus !

——o-o——

FAUSSE DÉCORATION

Un bon moyen, quand on a la rage des décorations, pour simuler le ruban de la Légion

11

d'honneur : Avoir un crayon en bois rouge dans la poche extérieure de son habit; faire passer le bout non taillé du crayon en bois rouge à travers la boutonnière, et de loin on a l'air d'être chevalier. On est décoré pour deux sous.

MUSIQUE DE CHAMBRE

L'éditeur de musique Enoch annonce des *symphonies pour ronfleurs*. Il paraît qu'elles sont très faciles à exécuter en voyage, quand on couche plusieurs dans la même chambre d'auberge. Un appareil en cuivre, attaché au cou des dormeurs, tient la partie à *ronfler*. Nous avons entendu, l'autre nuit, une admirable *symphonie pour nez bouchés*.

Cette musique de l'avenir a pour but, non seulement de charmer le sommeil des personnes qui s'ennuient en dormant, mais encore de distraire les gens que les *ronfleurs* empêchent de dormir.

——o·o——

NUAGES ARTIFICIELS

Un célèbre inventeur, M. Alfred Nébulus, de New-York, va faire une fortune prodigieuse. Il vient de se révéler bienfaiteur de l'humanité avec cette formule : *Plus de ciel sans nuages !*

L'Orient, l'Afrique, la Grèce, l'Espagne n'auront plus à souffrir de ciel sans nuages. Plus d'indigestion de bleu !

De grands nuages artificiels, en ouate anglaise, seront à la disposition des pays rassasiés d'infini pur.

Les nuages de M. Alfred Nébulus, de New-York, sont admirablement faits ; ils ne contiennent aucune pluie ; ce sont des nuages essentiellement d'été, des nuages de pays chauds. Une énorme ficelle bleue les retient au sol, de façon que, le soir, on peut les rentrer pour ne pas les user trop vite à l'humidité de la nuit. Pour les envoyer au ciel, c'est très simple : d'immenses soufflets les dirigent et les soutiennent dans l'espace. Les habitants de ces contrées brûlantes , qui ne fichent rien de leurs dix doigts toute la journée, auront donc quelque chose de sérieux à faire, ils feront manœuvrer les soufflets, et les étrangers ne seront plus embêtés par trop d'azur !

—·◇–◇·—

POTS DE RUE

Pourquoi les dames n'auraient-elles pas de Rambuteaux ? On pourrait mettre des pots de chambre, qu'on appellerait *pots de rue*, dans des niches que l'on construirait au bas des maisons ; et les pauvres dames n'auraient plus à chercher les rues désertes et les ruisseaux, et à imiter les chevaux qui se soulagent debout. Elles tireraient le thomas public de la niche et iraient s'installer avec sous une grand'porte. Il faut penser à tout le monde, en somme.

—·◇–◇·—

A CEUX QUI RÊVENT TOUT HAUT

On annonce l'arrivée à Paris d'un professeur de déclamation pour les gens qui parlent tout haut, en rêve, la nuit. Après un mois de leçons on a une diction magnifique.

Le prix du cachet est de 20 francs par nuit

(il faut un lit pour le professeur); s'il se couche auprès de l'élève c'est beaucoup plus cher.

Pour les bègues, 40 francs la nuit, et 80 pour les muets.

—o-o—

A LA MAGISTRATURE

Il vient d'arriver à Paris un professeur d'*airs graves* pour jeunes gens lancés dans le barreau. Au bout d'un mois de leçons, on a l'air d'un magistrat intègre. Ce professeur fait faire des exercices qui vous donnent les lèvres plissées, le nez orgueilleux, les favoris immobiles, l'œil impénétrable, le front de marbre et la calvitie avancée des présidents.

Si avant on avait l'air d'un imbécile, ça vaut mieux, la physionomie est plus souple.

—o-o—

NE FAITES JAMAIS ÇA

Un pas malin propriétaire d'une villa des environs de Paris fait peindre en vert, un dimanche, la planche de ses water-closets ; à peine peinte, il la livre à ses invités. Une grosse dame, qui a la colique, va vite s'y installer; elle a l'habitude de se boucher le nez pendant cette triste opération, elle ne sent pas la peinture. Elle sort vite, soulagée, mais avec beaucoup de vert là, et passe ainsi *fardée* la journée chez le pas malin propriétaire de la villa. Le soir elle rentre à Paris, chez elle, et se fait donner un lavement à la guimauve par sa bonne; la bonne, prise d'une frayeur verte en voyant la couleur idem du

11.

céans de sa maîtresse, fuit épouvantée avec le clyso ; la grosse dame, étonnée, se regarde dans la glace, et tombe en syncope de saisissement, croyant avoir une affreuse maladie. La grosse dame, aujourd'hui, a la jaunisse. Ne faites donc jamais ça !

—o-o—

SEMELLES-REFUGES

On va fabriquer, pour les peureux qui n'osent pas traverser les boulevards, des chaussures avec des semelles rondes et immenses.

Ces semelles seront en pierre et imiteront les refuges ; de façon que, à quelque endroit qu'ils se trouvent de la chaussée, avec ces chaussures les peureux auront l'air d'être sur un refuge et ne craindront plus de se faire écraser.

Il y aura des semelles avec des becs de gaz au milieu.

—o-o—

AVIS

A partir du 1er décembre, il sera formellement interdit de ronfler la nuit en chemin de fer. Les Compagnies trouvent, avec juste raison, que c'est assez du bruit des machines, quand les trains

passent dans les villes et dans les villages, qui
réveille tout le monde en sursaut, sans y ajouter
encore, par dessus le marché, l'insupportable tintamarre des ronfleurs.

—o–o—

AUX EAUX

Aux eaux, un soir, un voyageur pâle demande
une chambre dans un hôtel, il n'en reste qu'une,
il la prend et se couche. Pendant la nuit, le
maître de l'hôtel reçoit un voyageur inconnu ; il
donne la chambre du voyageur pâle au voyageur
inconnu, à condition qu'ils se coucheront ensemble. Le voyageur inconnu accepte, passe
une chemise qui ne lui laisse voir que les pieds
(chemise inconnue) ; il se couche auprès du
voyageur pâle (aux eaux tout est permis) et s'en-

dort. Le voyageur pâle ne se réveille pas et ronfle à côté du voyageur inconnu.

Le matin, le voyageur pâle ouvre un œil, aperçoit ses pieds : Dieu ! ils sont noirs ! Il sonne pour un bain de pieds, le garçon arrive, le voya· geur pâle lui montre les pieds noirs qui sont dans le lit : « Vous voyez comme mes pieds sont noirs, je me les suis salis en dormant. » Le gar- çon découvre le lit et montre au voyageur pâle le voyageur inconnu.

C'était un nègre, noir comme l'âme de Veuil· lot !

—o-o—

LA VIE ÉLÉGANTE

Dans les water-closets des hôtels princiers, il est question de placer un vaporisateur qui anéan· tira tout parfum ventral et digestional.

En montant sur la planche cirée, on touchera un ressort qui fera manœuvrer le vaporisateur. Aussitôt, un suave et enivrant parfum de rose vous enveloppera comme dans un rêve oriental ; ça fera penser à Mahomet, et l'on aura l'air de se *débarrasser* dans les fleurs !

Il y aura des vaporisateurs avec papillons, mais ça coûtera plus cher, car il faudra des pa- pillons apprivoisés, et c'est très difficile à trouver. ··

—o-o—

Un mot de femme.

Une femme est toujours en colère contre son mari : bonté, cachemires, excès d'amour, rien ne l'apaise.

L'autre nuit, le pauvre diable se lève pour aller chercher la tabatière de sa femme qui voulait priser dans son lit. Il cherche à tâtons, et en cherchantil casse une théière, le pot de nuit et son nez ; alors la femme injuste crie dans la plus profonde obscurité : « *Oh ! il ne voit jamais rien !!* »

—o—o—

FAUX OFFICIERS DE MARINE

Il y a bien des gens qui veulent poser pour des officiers de marine dans les salons. C'est très poétique. Cette manie va leur être facilitée par mon ami de T., qui a trouvé un enduit inoffensif singeant fort bien le hâle de la mer. Si l'on a une décoration étrangère un peu rouge et des favoris, on peut se coller de cet enduit sur la figure et sur les mains ; ça y est, on ressemble à un officier de marine. Seulement, si une demoiselle vous embrasse, elle a l'air d'avoir bu du chocolat.

—o—o—

CHAUSSURES TUCKER

Vous connaissez les sommiers Tucker ? Il y a maintenant les chaussures Tucker. C'est exactement le système des sommiers : il y a des ressorts dans les semelles et l'on saute à des hauteurs étonnantes en marchant. C'est fort agréable dans la foule, car on peut tranquillement sauter par-dessus les personnes qui sont devant vous pour voir le feu d'artifice ; traverser les boulevards en bondissant, s'il y a trop de voitures, et, le soir, si votre concierge dort comme une vieille pioche, vous vous élancez dans votre appartement par la fenêtre, grâce aux chaussures Tucker.

—o—o—

CE N'EST PAS SOLIDE

Dans les établissements de bains froids pour dames, sur la Seine, les water-closets sont à la suite des cabines; on y entre comme dans une cabine, personne ne vous remarque ; ça tombe dans l'eau et tout est dit.

Dernièrement, une dame trop lourde a fait défoncer la planche à lune et est tombée, accroupie, dans la Seine. Elle est restée sur la planche dans cette posture, du papier à la main, et a vogué, comme sur un radeau à voiles, jusqu'au Point-du-Jour. Cinq mille personnes étaient sur les quais à l'acclamer, croyant que c'était le capitaine Boyton qui lisait son journal.

~~~

Exercice pour les gens qui ont la langue trop longue :

A la Toussaint, tout sein, tout sain, tout ceint, ballotte en tous sens en toussant.

~~~

Se marier : S'embellemerder.

TABLE

——

Préface.   5
Souvenirs de l'Exposition.   7
Joyeusetés fantasques.   19
A travers le théâtre   67
Sarah-Bernhardtiana   87
Quelques conseils.   89
Joyeusetés fantasques.   97
En Angleterre. 131
Combles 141
Facéties d'hiver. 147
Joyeusetés fantasques 155

Paris. — Imp. de Dubuisson et Cⁱᵉ, rue Coq-Héron, 5.

Paris. — Imp. Dubuisson et Cie, rue Coq-Héron, 5.

www.ingramcontent.com/pod-product-compliance
Lightning Source LLC
Chambersburg PA
CBHW070844030726
47504CB00005B/1213